KB059390

딱 한 번만이라도

밤 한 번만이라도

마스다 미리 **장편소설**
권남희 옮김

소미미디어
Somy Media

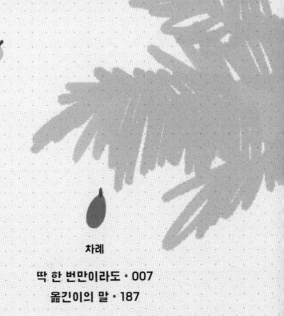

차례

_1_
⁓⁓⁓

　버스는 거대한 가로수 그림자가 드리워진 거리를 담담하게 지나갔다. 히나코는 온몸으로 미세한 진동을 느끼면서 리우 거리를 내다보았다. 상공에는 커다랗고 시커먼 낯선 새가 날아다녔다. 기류를 타고 자유롭게 선회하는 듯하다가 조금이라도 닿을 것 같으면 얼른 날개를 피했다.

　서로 부딪히는 일도 있을까. 없지도 않겠지.

　조금은 오기로 하늘을 계속 올려다보았다. 버스가 터널로 들어갔다가 밖으로 나오니 새는 한 마리도 보이지 않았다.

브라질 리우데자네이루 국제공항에 대기하고 있던 관광버스는 24시간 이상 걸려서 온 일본인 패키지 투어 관광객 15명을 태우고 팡지아수카르Pão de Açúcar라는 바위산을 향하고 있다.

머리가 멍하다.

시차보다 감기 탓일지도 모른다. 출발 전부터 목이 조금 따끔거렸다. 히나코는 배낭을 주섬주섬 뒤져서 목캔디를 꺼내 물었다.

통로를 사이에 두고 반대편 좌석에는 히나코의 이모 기요코가 창에 기대듯이 잠들어 있다. 루이비통 선글라스를 받치고 있는 오뚝하고 시원한 콧날. 히나코의 엄마는 "코가 어딘가 옛날과 달라"라고 했다. 듣고 보니 그런 것도 같고, 마른 사람이 나이를 먹으면서 뼈가 도드라져 보이는 것뿐이지 않을까 싶기도 하다.

캐리어를 빌리러 집에 갔더니 엄마는 화가 나 있었다. 브라질에 가다니 말도 안 된다고.

"네 이모는 어쩌려고 그러는 거야. 조카를 데리고 가면서 엄마인 나한테 상의 한마디 하지 않고."

"브라질은 평생 한 번 가기도 어렵잖아? 난 좋은 기회라고 생각해. 기요코 이모 혼자 가면 엄마도 걱정될 거

아냐."

기요코 이모는 조카와 같이 간다는 개념보다 여자 친구와 여행 가는 기분이지 않을까, 히나코는 생각했다. 실제로 친하게 지내는 연하 친구가 몇 명 있는 것 같다.

"히나코, 지금이라도 거절해. 엄마는 네가 그렇게 멀리 가는 것 싫어. 그치, 당신도 그렇게 생각하지?"

정원이라고 부르기는 민망한 자투리 공간에서 배팅 연습을 하던 아버지에게 그렇게 말하는 엄마의 목소리는 점점 힘을 잃었다. 불안해하는 마음도 이해가 갔다.

"괜찮아, 패키지 투어니까 인솔자도 있고. 아 참, 엄마 선물 뭐 사줄까? 향수? 립스틱?"

히나코가 밝게 말하자 "선물 같은 것 필요 없어" 하더니, 그런 데 쓰지 말고 저금이나 해, 서른여섯이나 되는데, 하는 얘기로 바뀌었다.

브라질의 3월은 여름의 끝이었다. 이제 곧 정오가 되려 한다.

길을 걷는 사람들은 대부분 비치샌들에 가벼운 소지품이 있거나 맨손이다. 가게 앞 아이스크림 박스의 선명한 배색과 사람들이 몰려 있는 노점. 나팔 불기 금지 도로 표지판과 카나리아색 택시. 시내의 한쪽 끝에서 드디어 해외여행 중이라는 실감이 솟구쳤다. 공중전화는 샐러드 볼을 뒤집은 듯 반구의 지붕으로 덮여 있다. 풍뎅이 같다. 히나코는 일단 스마트폰으로 사진을 찍어보았다.

"아아, 깜빡 잠이 들었네. 히나코, 사탕 하나 줄래?"

눈을 뜬 기요코가 왼손을 팔랑거렸다. 희고 가느다란 손목이었다. 약지에 반지는 없다. 결혼반지는 남편이 죽고 나면 빼는 것인지 그냥 끼는 것인지 히나코는 잘 모르겠다.

"신맛과 단맛 있는데."

"신맛은 매실?"

"레몬."

기요코는 음, 하고 생각하다 "신맛"이라고 했다.

3년 전에 죽은 기요코의 남편은 제약회사 임원으로 정년퇴직하여 노후 자금은 여유가 있을 터다. 원래 유복한 집 외동아들이라고 들었다. 두 사람에게는 자식이 없었다.

앞쪽에서 마이크를 든 현지 일본인 인솔자가 열심히 설명을 하고 있다.

"브라질은 일본 바깥쪽이 아닙니다, 반대쪽입니다."

오호, 하고 히나코는 조그맣게 끄덕였다. 지구의 안과 밖을 멋대로 정할 수 있는 게 아닐 테고, 무엇보다 구체에 안과 밖이 있는지도 의문이다. 일본에 돌아가면 이 얘기를 언니 야요이에게 해주어야겠다고 생각했다. 이시오카 씨에게도 할지 모르겠다.

이시오카는 히나코가 등록한 파견 회사의 영업 담당으로 30대 전반의 남자다. 지난주 사무실에 들렀을 때 브라질 여행 얘기를 했더니 반가워했다. 학창 시절에 남미를 여행한 적이 있는 것 같았다. 아주 의외의 일면이었다.

촌스러운 사람. 히나코의 이시오카에 대한 인상은 이것뿐이었다. 지금의 파견 회사에 등록한 후로 2년 가까이 바뀌지 않았다. 촌스러운 사람 이외에 좀 더 뭔가 있겠지, 라고 하신다면 벨트 위에 배가 올라가 있는 사람. 엄청나게 큰 합성피혁 구두를 신고 있는 사람. 말이 없진 않지만, 싹싹하지도 않은 사람. 그리고 코털이 있는 사람. 의자에 앉아 있을 때는 몰랐지만, 서 있는 이시오카를 올려다보면 항상 콧털이 보인다. 보고 싶지 않다고 생각하면서도 무심코 보아버린 히나코는 속이 울렁거렸다.

그런 이시오카라는 인물에 추가된 인상 '젊을 때 남미를 여행한 사람'. 나쁘지 않은 과거였다. 뭔가 세련됐어. 하지만 이 정도로 이시오카를 남자로 의식하는 일은 절대로, 절대로 없나, 라고 생각한 시점에서 히나코는 자신이 이시오카를 의식한다는 것을 깨달았다.

정말로 한심하다. 이시오카 씨 정도가 괜찮다면 다른 사람도 있잖아?

생각해봐도 딱히 떠오르는 사람이 없었다. 떠오르는 사람이 없어서 남미에 간 적이 있다는 것만으로 이시오카의 주가가 상승한 것이다.

가능한 일이라면 모두가 부러워할 만한 사람을 만나고 싶다. 그러나 그것은 현실적이지 않았다. 그런 남자가 다가올 '이유'가 없었다.

히나코는 전 남친을 떠올렸다. 눈매가 날카롭고 얼굴이 각진 남자였다. 대학 시절 친구와 간 바닷가 불꽃놀이에서 말을 걸어온 무리에 있던 사람이었다. 모래사장에서 동료들과 장난치는 모습이 귀여워서, 다음 날 만나자는 문자를 받았을 때는 이 사람과 결혼해도 좋다고 생각했다.

하지만 사귀는 거라고 생각한 것은 히나코뿐이었다.

좀처럼 만나주지 않아서 토라진 척하면 노골적으로 기분 나쁜 얼굴을 했다. 둘이서 만난 것은 고작 다섯 번. 그런데도 전 남친이라고 하는 것은 그 후 히나코가 아무하고도 육체관계를 가진 적이 없기 때문이다.

이시오카 씨는 젊은 시절에 남미를 여행했다. 그것은 충분히 빛날 만하다. 그는 뭔가를 찾아서 고뇌했을지도 모른다. 자신에게 그리고 자신의 인생에게. 문학적인 사람이다. 무엇보다 그는 파견 사원이 아니라 파견 회사 정직원이다. 일을 성취해낸 사람이다.

이시오카와 결혼하면 신혼여행은 비경의 땅이 될지도 모른다. 마추픽추나 파타고니아나. 평범한 내 인생에 아름다운 그림자가 생길 것 같았다. 상상하기 시작하니 히나코는 이시오카의 얼굴이 의외로 잘생겼던 것 같은 생각이 든다.

큰길을 달리던 버스가 좁은 골목으로 들어섰다. 조용했던 차 안에 인솔자의 마이크 전원 들어가는 소리가 울린다. 버스는 스피드를 떨어뜨렸다.

"자, 여러분, 수고 많으셨습니다. 지금부터 팡지아수카르 관광을 할 텐데요. 로프웨이 승강장 근처에 버스댈 곳이 없어서 적당한 장소에 세우겠습니다. 오래 정차

할 수 없으니 얼른 내려서 인솔자 뒤를 따라와주세요. 차가 지나가니 길 건널 때 조심하시고요."

나리타 공항에서부터 동행한 인솔자는 오노다라는 키가 큰 여성이었다. 긴 여행에도 지친 기색 하나 없이 씩씩했다. 진한 메이크업도 나리타에서 처음 인사할 때와 별로 달라지지 않았다. 그러나 그게 잘 어울리는 이국적인 생김새였다.

오노다의 안내대로 버스에서 내렸다. 리우 공항에 도착 후, 바로 대기하고 있던 관광버스를 타서 히나코는 이제야 제대로 브라질 땅에 발을 내디딘 느낌이었다.

일본인 인솔자를 선두로 로프웨이 승강장까지 한 줄로 서서 걸어갔다. 보도는 기하학적인 세련된 무늬의 타일이 이어지는가 싶더니 갑자기 숨이 끊어진 것처럼 콘크리트 길로 바뀌었다가 또 다른 디자인의 타일이 되었다. 집집마다 출입구에는 제각기 경사가 진 탓에 단차가 많았다. 보도 한복판에 뜬금없이 전봇대가 서 있기도 했다. 첫날부터 엎어져서 다치는 것만은 피하고 싶었다. 히나코는 게걸음으로 신중히 걸었다.

햇볕은 강하지만 땀이 날 정도로 덥진 않았다. 버스에서 막 소매치기를 조심하란 얘기를 들은 터라 어깨에 멘 작은 크로스백을 숨기듯이 들고 히나코는 줄을 따라 갔다.

"어머, 저 산을 오르는 거야."

뒤에 걸어오던 기요코가 느긋한 어조로 말하고는 "끝나면 점심?" 하고 오노다에게 물었다. 흰색 마 바지에 같은 색 시스루 카디건을 걸치고 목에는 긴 초록색 천연석 목걸이를 걸었다. 일행 대부분이 면바지에 티셔츠인 가운데 기요코만 신주쿠 이세탄 백화점에 쇼핑하러 갈 법한 차림이었다. 어깨에 걸친 등나무 백의 손잡이에는 에르메스 스카프가 묶여 있다. 아, 정말! 너무 튀잖아. 돈 있다고 광고하며 걸어 다니는 것 같다고. 히나코는 생각만 하고 말았다. 엄마라면 주의를 줬겠지만, 이 모여서 조심스럽다. 그러나 같이 있다가 불똥이 튀는 것만은 피하고 싶다. 이따가 내일부터 입을 패션에 관해 알아듣게 말할 생각이다.

기념품 파는 노점 앞을 지나며 다들 들여다보았다. 히나코도 같이 목을 빼고 보았다. 관광지 사진이 프린트된 화려한 양산 등이 널려 있다. 갓 도착해서 아직 이 나라 돈을 한 번도 쓰지 않았다. 과자든 물이든 빨리 뭐라도 사보고 싶었다.

과연 팡지아수카르는 바위산이었다. 아이가 크레파스로 그린 그림처럼 볼록하고 동그랗다. 지금부터 로프웨이를 타고 산 정상까지 올라간다고 한다.

로프웨이 표를 사려고 줄 선 개인 관광객들 옆을 빠져나가 승강장으로 갔다. 패키지 투어여서 예매도, 예약도 전부 되어 있다. 히나코는 알고 있긴 했지만 멀리 떨어진 곳에서 약속한 것이 지켜지고 있다는 데 일일이 안도했다.

"뒤쪽에서 보시는 게 경치가 더 좋답니다."

일본인 인솔자의 말에 로프웨이를 타자 모두 뒤쪽으로 향했다.

어, 기요코 이모는?

뒤늦게 탄 히나코가 두리번거리며 찾았다. 기요코는 뒤쪽 창가 한복판에 서 있었다. 어쩌다 보니 밀려서 여기 서게 됐어, 하는 태연한 옆얼굴이다. 작정하지 않고는 그렇게 좋은 자리에 가 있을 리가 없다.

잠시 후, 로프웨이가 서서히 움직였다. 여러 나라의 말이 뒤섞였다. 믹스 주스처럼 믹서에 돌리면 어떤 언어가 완성될까? 의외로 억양이 없는 매끈한 언어가 나오려나. 히나코는 이렇게 두서없이 떠오르는 소소하고 바로 사라져버릴 것 같은 기분을 나눌 남자친구가 있었으면 좋겠다고 생각했다. 로프웨이를 탈 때에도 떨어지지 않고 등 뒤에 붙어 있어줄 그런 사람.

히나코가 서 있는 곳에서는 사람들 머리에 가려 풍경은 위쪽 반밖에 보이지 않았다. 하늘에는 아까보다 구름이 많아졌다. 어쩌면 내일 리우 카니발 때 비가 올지도 모른다.

풍경을 보려고 까치발로 이쪽저쪽 움직이는 사이, 로프웨이는 중간 환승 승강장에 도착했다. 로프웨이가 쥐어짜내는 것처럼 사람들은 밖으로 쏟아져 나왔다.

"바다, 예쁘더라. 아, 배고파. 점심 메뉴 뭐였지?"

마지막에 천천히 내린 기요코가 말했다.

"뷔페 같던데. 그렇지만 여기서 또 더 올라간대. 봐, 저 산 위. 설탕빵이라는 뜻이래. 버스에서 인솔자가 그랬어, 동그란 모양이 비슷하게 생겼다고."

"아하하, 웃기게 생겼네."

연갈색 선글라스 너머로 보이는 기요코의 눈동자에는 장난꾸러기 아이 같은 활기가 있다.

참가자 중에는 기요코보다 연상으로 보이는 노부부가 두 쌍 있었다. 나이를 먹어도 이렇게 멀리까지 여행을 할 수 있구나. 히나코는 그게 든든하다기보다 좀 두려웠다. 충실한 일생을 마치려면 얼마만큼의 돈이 필요할까.

바다가 보인다. 파도는 온화했다. 드문드문 작은 섬이 떠 있고, 바위산 속에 긴 해변이 있다. 등 뒤의 깎아지른 듯한 언덕 위에는 예수상이 솟아 있었다. 텔레비전이나 사진으로 보던 거대한 것을 막상 앞에 두고 보니 오히려 허구의 세계에 흘러들어 온 기분이다.

예수는 양손을 펼치고 있었다. 그렇게 하고 싶어지는 풍경이었다.

✤

해 질 녘 DVD 대여점 진열대 앞에서 야요이는 마뜩잖은 얼굴을 하고 있었다. 영화를 찾는 것 같지만, 실은 전연 관계없는 생각을 하고 있다.

여동생 히나코가 여행 팸플릿을 갖고 온 것은 작년 가을이었다.

"언니, 언니, 알고 있었어?"

가방에서 접힌 팸플릿을 꺼냈다.

"브라질 말이야, 파리 같은 데 가는 것보다 훨씬 비싸대. 봐, 이거."

부스럭거리며 페이지를 펼쳐서 "여기, 여기" 하고 손가락으로 가리켰다. 여동생의 검지 끝에 있는 여행비를 보고 야요이의 목소리가 뒤집어졌다.

"뭐어? 80만 엔이나 해?"

"아까 보고 나 깜짝 놀랐잖아."

등 뒤에서 전자레인지의 삑삑 하는 소리가 울렸다. 히나코는 일어서면서,

"비싸도 정도가 있지, 그 가격"

하고 말했다.

만날 살 빼고 싶다고 하면서 앗, 뜨거, 뜨거 하고 들고 온 것은 슈퍼에서 산 도리아였다.

"게다가 말이야, 그 80만 엔은 2인실 요금이고 싱글룸 쓰면 추가 요금이 있거든. 기요코 이모, 방을 따로 쓰자 그랬어. 그쪽이 편하고 좋지만."

기름진 도리아 용기를 히나코가 그대로 나무 테이블에 올려놓으려고 해서

"아, 잠깐만"

하고 야요이는 우편함에서 가져온 전단을 꺼냈다. 동생

의 이런 칠칠맞지 못한 부분이 옛날부터 마음에 들지 않았다.

초등학생 때부터 그랬다. 교실의 히나코 책상에는 구겨진 프린트물이나 미술 시간에 그린 그림이 늘 처박혀 있었다. 곰팡이 핀 빵이 들어 있을 때도 있어서 야요이는 방과 후 정기적으로 동생의 책상을 정리해주었다.

노인홈 전단을 깔고 올린 도리아는 어딘가 처량했다. 히나코는 플라스틱 숟가락으로 그릇 끝에서부터 먹기 시작했다. 먹으면서도 여행 경비 이야기를 하고 싶어서 어쩔 줄 몰랐다.

"그리고 또 뭐더라, 그거 항공세든가? 응? 공항세인가? 그런 것도 들어가면 한 사람당 100만 엔 정도 되는 것 같아."

"브라질, 몇 박이었지?"

어, 그게, 잠깐만, 하고 히나코는 팸플릿을 끌어당기더니 6박 7일이라고 대답했다.

"1주일에 100만 엔이란 말이야? 완전 호화판이네."

야요이는 부러워하는 거라고 생각하지 않도록 약간 장난스럽게 말했다. 향긋한 치즈 냄새가 좁은 주방에 가득했다.

"카니발 시기에는 호텔비가 껑충 뛰어오른대."

그야 그렇겠지, 라고 생각했지만, 야요이는 말하지 않았다.

"게다가 기요코 이모, 비행기, 비즈니스석으로 간다고 하니까 그렇게 하면 한 사람당 180만 엔 정도 될 거야. 나하고 기요코 이모 둘이 360만 엔이야, 360만 엔!"

야요이는 점점 자랑하는 어조가 되는 동생에게 짜증이 났지만,

"차 한 대 가뿐히 살 수 있는 돈이잖아"

하고 웃어주었다.

지금쯤 두 사람은 시내 관광이라도 하고 있을까.

브라질에 가고 싶었던 건 아니다. 치안도 걱정이고 어떤 음식을 먹는지도 모른다. 야요이에게는 조금 결벽증 같은 게 있었다. 행선지보다 1인당 180만 엔이나 하는 패키지 투어라는 것이 마음에 들지 않았다. 여동생 히나코에게 180만 엔을 쓴다면 언니인 내게도 뭐라도 해주었으면 좋겠다.

기요코 이모는 내가 아니라 히나코를 여행에 데리고 갔다. 나라도 괜찮았을까. 아니면 히나코가 좋았을까. 히나코는 이전 직장 파견 기간이 막 끝나서 다음 파견

지가 정해지지 않았다. 그래서 여행에 데려가기 편했다. 어쩌면 그것뿐일지도 모른다.

DVD 대여점의 로맨틱 코미디 코너를 돌아서 SF 영화 코너까지 갔을 때, 스마트폰에 메시지가 왔다. 오가미 나오코에게서였다.

오가미 나오코는 도토루 커피점 입구에서 가까운 자리에 앉아 있었다. 고개를 숙인 채 스마트폰을 보고 있다. 야요이는 머리숱이 적어진 그녀의 목덜미를 보고 오늘 밤부터는 목욕할 때 두피 마사지를 제대로 해야겠다고 마음먹었다.

"나오코 씨."

야요이가 부르자,

"미안, 바쁘지 않았어? 괜찮았어? 피곤하지 않아?"

나오코는 여전히 빠른 말투로 미안해하며 말했다.

"괜찮아, 커피 사 올게."

가방을 자리에 놓고 야요이는 카운터로 갔다. 손에 든 코치 지갑의 모서리가 닳아 있다. 하지만 이것도 다음 주까지 참으면 된다. 브라질 선물은 뭐가 좋으냐고 히나코가 물어서 지갑을 부탁해두었다.

그러고 보니 나오코에게 이제 경어를 쓰지 않는다. 나오코는 곧 마흔일곱이니 여덟 살 연상이다. 이렇게 연상인 친구가 있는 것이 야요이는 신기했다. 중학교 동아리에서는 한 학년만 선배여도 그렇게 잘난 척 뻐겼는데. 어른이 된 것이다.

　커피를 쟁반에 받쳐서 나오코 맞은편에 앉았다.

　"봄기운이 도네. 어? 안경, 바뀌었어?"

　야요이가 그렇게 말한 순간, 나오코의 눈이 점점 시뻘게졌다.

　"맞아, 낮에 말이야, 자빠졌을 때 금이 가서. 그래서 이거 옛날 거야. 나 완전 확 날아갔잖아, 오늘, 할아버지가 밀어젖혀서. 왜 전에 얘기한 까다로운 할아버지." "날아가다니, 괜찮아?"

　야요이가 몸을 내밀자,

　"괜찮아, 괜찮아. 다친 데는 없으니까. 그렇지만 뭔가 서글퍼서."

　가방에서 손수건을 꺼내려 할 때 나오코의 스마트폰에 메시지가 온 것 같았다. 미안, 잠깐만, 하고 화면을 확인하더니 나오코는 재빨리 답장을 보냈다.

　"아들. '저녁 뭐야?'라네. 이제 고등학생이니 자기 밥

쯤은 알아서 먹지. 나를 요리하는 아줌마 정도로밖에 생
각하지 않는다니까."

울 타이밍을 놓친 나오코는 민망한 표정을 지었다.

야요이가 요양보호사 자격증 강습에서 유일하게 친
해진 사람이 나오코다. 집에 가는 방향이 같아서 저절로
얘기를 하게 되었다.

"이런 직업이야말로 동료의 존재가 정말 크답니다."

강사가 한 말의 의미를 이해하게 된 것은 나중 일이
다. 요양보호사는 혼자 방문하는 일이니 동료라고 해도
솔직히 와닿지 않았다. 그러나 실제로 활동을 시작한 뒤
로 나오코의 존재에 몇 번이고 도움을 받았다. 오늘은
이렇게 나오코의 얘기를 듣고 있지만, 또 가까운 시일에
여기서 나오코에게 하소연할 일이 생길 게 분명하다.

"근데 왜 밀어젖힌 거야? 갑자기?"

야요이는 커피를 홀짝거렸다.

"갑자기는 아냐, 그 전에 수세미가 없다고 할아버지가
그래서."

"수세미라면 설거지하는 그 수세미?"

"응, 그 수세미. 없어, 없어, 그러길래 어디 갔을까요,
같이 찾아볼까요, 하고 둘이서 찾았지. 온 집을 다 뒤졌

거든. 침대 밑까지 봤는데, 그래도 없는 거야."

가게 안에는 석양이 비치고 있었다. 테이블 위의 커피
컵 윤곽이 짙어 보인다. 예쁘다, 하고 야요이는 생각했
다.

"그래서?"

야요이는 다시 시선을 나오코에게로 돌렸다.

"네가 훔쳐 갔잖아, 그러는 거야."

"수세미를?"

엉겁결에 웃음을 터트리는 야요이를 보고 나오코도
따라서 웃었다.

"남의 집 수세미 누가 가져가요, 훔치지 않았어요, 그
랬더니 그럼 왜 없냐고 할아버지가 화를 내며 밀쳐버린
거야."

키가 큰 나오코는 항상 조금 구부정하다.

"너무하네, 그거."

"아프고 뭐고 나 깜짝 놀랐어. 할아버지한테 그런 힘
이 있다니. 남자는 노인이 돼도 꽤 힘이 있나봐."

나오코는 말을 이었다.

"내가 넘어진 뒤에도 할아버지 막 화를 내서 할 수 없
이 돌아왔어. 원래 혈압이 높은 분이니 흥분시키는 것도

좋지 않고."

"사무실에 연락했어?"

야요이와 나오코의 집은 지하철 두 개 역 정도 거리지만, 등록된 요양보호사 센터는 다르다.

"했어. 그래서 그쪽에서 사정을 설명해주어서 결국 오늘은 며느리가 회사 조퇴하고 밥하러 간 것 같아. 며느리도 고생이겠어, 그런 이상한 노인네라."

나오코는 양손으로 감싸듯이 커피 잔을 들어 올렸다. 기도하는 모습처럼도 보인다. 전 세계가 아니라 반경 10미터의 세계를 위해.

"그럼 안경은 변상해준대?"

야요이는 사실 이 질문을 제일 먼저 하고 싶었던 것 같았다.

"지금 확인하는 참."

"그렇구나, 고생했네. 그래도 다친 데가 없어서 정말 다행이야. 이제 그 집, 바꾸는 게 어때?"

야요이도 담당하는 집을 바꾼 경험이 있고, 이용자가 바꿔달라고 한 적도 있다. 일이라고는 하지만 서로에게 궁합도 필요하다.

"그렇긴 한데. 그 할아버지 지금까지 몇 번이나 요양

보호사한테 거절당했대. 좀 불쌍하다는 생각도 들어."

촉촉하던 나오코의 눈동자도 완전히 말랐다. 차분해진 나오코와는 반대로 야요이는 화를 내고 있었다. 어떤 상황이어도 사람을 밀쳐버리는 건 너무하지 않은가.

"할아버지가 기분 괜찮을 때는 좋은 점도 있어. 정원에서 꽃을 꺾어 갖다 주기도 하고, 새를 좋아해서 새 울음소리 흉내도 내주고. 아주 잘 내. 그런 걸 보면 의외로 옛날에는 얌전하고 착한 어린이였지 않을까 생각할 때도 있어."

나오코 같은 자비심이 자기한테 별로 없는 것은 역시 아이를 낳고 키운 적이 없는 탓일까. 야요이는 이내 그런 생각이 들었다. 아이라도 있었더라면…… 어쩌면 이혼도 하지 않았을지 모른다. 그때, 남편을 그토록 몰아세우지 않았을지도 모른다.

나오코에게는 대학생과 고등학생 아들이 있지만, 애들에게 말을 걸어도 최소한의 대답밖에 돌아오지 않고, 남편도 마찬가지인 것 같다.

"그렇지만 역시 핏줄이야. 아들이 제일 귀여워" 하고 나오코가 자주 하는 말을 들으면 야요이는 자신도 아들을, 아이를 낳아야 한다는 생각에 초조해진다.

하지만 30대도 후반이 되면서 생리 주기가 흐트러지기 시작했다. 생리 양도 준 것 같다. 게다가 직장에는 노인뿐.

이렇게 되니 이제 필요한 것은 피도 만남도 아니고 돈이다.

야요이는 이제 와서 친정으로 돌아가는 건 생각만 해도 우울해졌다. 그렇게 되면 결국은 부모님 간병까지 떠맡게 될 것이다. 직장에서도 고령자, 집에서도 고령자. 미래는 어두운 구름으로 가득하다.

"야요이는 어때? 요즘 잘돼가?"

부모님이 세상을 떠난 뒤로는 이제 아무도 나오코라고 불러주는 사람이 없네. 언제였는지 나오코가 그렇게 말해서 그때까지 "오가미 씨"라고 부르던 야요이는 "나오코 씨"로 바꾸었다. 그 참에 나오코도 "야요이"라고 불렀다.

"응, 뭐, 지금은 그럭저럭."

"그래. 그렇지만 무슨 일 있으면 언제라도 얘기 들어줄게. 오늘은 미안해, 갑자기 불렀는데 나와줘서 고맙고. 야요이가 들어줘서 마음이 훨씬 가벼워졌어. 미안, 나 그만 가봐야 해. 남편은 대충 해줘도 되지만, 아들 밥

028

은 차려줘야 해서. 어찌나 잘 먹는지 식비가 장난 아냐."

그렇게 말하고 나오코가 커피 잔을 마저 비워서 야요이도 황급히 잔을 들었다.

야요이는 나오코와 헤어지고 바로, 역 앞에서 국수를 먹었다. 직접 해 먹고 싶다는 생각은 강하게 한다. 요리를 잘한다고 자신 있게 말할 실력은 아니지만, 뒷정리는 싫어하지 않는다. 꼭 짠 행주로 싱크대 주변과 기름이 튄 가스레인지를 싹싹 닦고 나면 말할 수 없는 충실감이 든다. 반면에 그 일련의 정리를 전부 다 해치우지 않으면 성이 차지 않아서 저절로 주방에서 멀어진다. 적당히 청소할 거라면 사용하고 싶지 않다. 그렇다고 해서 히나코처럼 도시락을 사 와서 쓰레기를 늘릴 마음도 들지 않았다.

편의점에 들러서 마음을 진정시키느라 야채 주스를 샀다. 계산대에 선 젊은 여자 점원의 이름표에는 '구보'라고 쓰여 있다. 구보와 구보타. '타'가 붙는 자기 성이 출석부에서는 뒤쪽에 있었던 기억이 난다. 결혼을 하며 성이 바뀌었지만, 그것도 별로 긴 기간은 아니었다.

미끄러져 떨어진 기분이 든다.

무엇이? 내 인생이. 하핫, 그냥 탈락한 거지. 무의식중에 피식 웃는 야요이를 계산대의 구보가 이상하다는 듯이 보았다.

계산을 하고 야요이는 잡지 코너로 향했다. 샐러리맨으로 보이는 두 사람이 만화를 읽고 있었다. 야요이는 눈앞의 여성지를 집어 들고 기온 마쓰리(祇園祭 : 매년 7월 교토의 기온에서 열리는 축제로 일본 3대 축제 중 하나—옮긴이) 즐기는 법이라는 특집을 대충 읽었다. 실패하지 않는 미인 메이크업 기술과 올해는 꼭 장만하고 싶은 성인 유카타(기모노 홑옷. 마쓰리 때 남녀노소가 즐겨 입는다—옮긴이)와 한국의 추천 잡화점 기사도 훑어보았다.

지금 읽은 것을 자신의 인생에 도입해보고 싶다고 생각했지만, 그건 내일도, 한 달 뒤도 아니고 '언젠가'일 수밖에 없다. 나는 영원히 오지 않을 '언젠가' 속에서 살다가 말라 비틀어져서 인생을 마칠지도 모른다.

야요이가 요양보호사 일을 시작한 지 반년이 된다. 좀 더 건수를 늘리지 않겠습니까, 하고 요양보호사 센터에서는 묻는다. 늘리고 싶지 않다. 지금은 주 5일 네 명의 고령자 주택에 다니고 있지만, 한 사람 한 사람의 이용 시간은 길지 않다. 같은 시기에 요양보호사를 시작한 나오코는 야요이의 세 배나 일을 하고 있다.

내가 내 인생에 박력이 없는 것은 기요코 이모가 있기 때문일지도 모른다.

몇 살 때였더라. 초등학교에 들어가기 전이었나. 기요코 이모가 끼고 있던 진주 반지를 작은 손가락에 끼워준 적이 있다. 기요코 이모는 어울린다, 잘 어울려, 하고 미소 지었지만 "나중에 야요이한테 줄게"라고는 하지 않았다. 나는 그 말을 듣고 싶어서 일부러 반지를 껴보았던 것 같다. 참 밉상스러운 아이였다.

잡지를 진열대에 돌려놓고 야요이는 편의점 출구로 향했다. 자동문이 열리고 기세 좋게 들어온 젊은 여자의 나일론 가방 모서리가 야요이의 손에 닿았다. 바로 튀어나온 "아얏!" 하는 소리는 완전히 무시당했다.

야요이의 손등에는 희미하게 빨간 선이 생겼다. 껍질이 벗겨진 것도 아니고 피가 난 것도 아니다. 상처라고 부를 수 없는 희미한 선.

여자는 화장품 코너로 걸어갔다. 반바지 아래로 뻗은 다리가 길다. 하이힐에 쇠로 된 가시 같은 것이 빼곡하게 박힌 부츠를 신고 있다.

무기인가?

야요이의 발에는 힘없는 스니커다.

야요이는 가게 앞에 세워둔 자전거를 타고 페달을 밟았다.

초저녁 하늘에는 가느다란 눈썹달이 보인다. 버스가 다니는 길가에는 맨션이 즐비하고 1층에는 작은 음식점이 드문드문 있다. 옛날 그대로의 이불 가게와 유리 가게는 일찌감치 문을 닫았고, 열려 있는 꽃집 앞에는 봄꽃이 나란하다.

스마트폰을 들여다보면서 걷는 여고생을 추월하고, 편의점 도시락 봉지를 흔들며 가는 샐러리맨을 추월하고, 기타 가방을 멘 가죽 잠바 남자를 추월했다. 집으로 돌아가는 사람들의 등이다.

야요이는 아까 편의점에서 가방에 부딪힌 일이 점점 화가 났다.

그 여자는 어째서 사과를 하지 않았을까.

보통 사과하잖앗, 사과해야 되잖앗, 뭐야, 뭐냐고, 부딪혀놓고 무시하냐, 그 멍청한 여자, 가시 여자, 죽어, 지금 당장 죽어버렷. 페달을 밟으면서 속으로 욕을 퍼부었다. 여자 뒤를 미행하여 집을 알아내서 창문에 돌을 던지는 모습을 떠올리자 분노는 가라앉기는커녕 온몸으로 퍼져갔다. 무익하고 유치한 상상이었다.

손등의 빨간 줄은 곧 없어지겠지. 그래서 뭐. 없어지면 없었던 게 되는 건가? 그렇다면 내 인생도 백지로 돌릴 수 있나?

세상은 그런 식으로 되어 있지 않다.

그 젊은 여자가 보기에 나는 사과할 가치가 없는 존재였을까. 거리의 풍경 중 하나였을까. 우체통이나 정원수나 전봇대 같은 것. 수수한 옷을 입고 수수한 화장을 하고 수수한 헤어스타일을 한 수수한 여자.

"사과하세요"라고 했더라면 마음이 풀렸을까. 그랬더라면 내일부터 그 편의점에 가기 불편해질 테지만, 그래도 그러는 편이 좋았을까. 우습게 보인 것은 기분 나쁘지만, 야요이는 자신의 멘털이 약한 것도 알고 있다. 다른 편의점은 역 반대편이어서 일부러 돌아가는 것도 어이없다.

사거리에 다 와서 신호가 빨간색으로 바뀌었다. 브레이크를 걸자 자전거가 불쾌한 듯이 끼익하고 울었다. 자전거 탄 여자가 신호를 무시하고 건너갔다. 아까 편의점에서 부딪힌 여자다.

미행하자.

야요이는 핸들을 꽉 잡았다. 가로등에 비친 도로 옆의 빨간 우체통이 "가, 가" 하고 소리치는 것 같았다.

2

히나코는 최근 며칠 동안 머릿속에 떠오른 이시오카라는 남자에 관해 생각했다. 첫날 리우 시내 관광을 마치고 샤워를 하고 나왔을 때였다.

호텔 방에서는 코파카바나 해안이 건너다보였다. 하얀 해변도 바닷가 도로도 무미건조할 정도로 깔끔하게 정비되어서 중앙분리대의 야자나무가 없었으면 일본의 해수욕장 같았다.

하늘에는 두꺼운 구름이 덮여 있다. 희미한 틈새로는 연한 분홍빛 석양이 드리워졌다.

히나코가 처음으로 이시오카를 만난 것은 2년 전 파

딱 한 번만이라도 _____   035

견 회사 면접 때였다.

"이쪽으로 오세요."

체격이 큰 남자의 안내로 파티션으로 칸막이한 자리에 앉자, 남자가 그대로 맞은편에 앉아서 면접을 시작했다. 그것이 이시오카였다.

지금까지 등록했던 대형 파견 회사는 아니었다. 빌딩한 층을 사용하고 있지만, 그 빌딩 자체도 아담했다. 부담이 없었다. 그런 곳을 찾았다.

뭘 물었더라. 갖고 있는 자격증에 관해서라고 해도 컴퓨터 엑셀 2급밖에 없고, 병원에서 근무했을 때 얘기를 했을지도 모르겠다.

대학을 졸업한 뒤, 히나코는 지역 종합병원에서 사무직 일을 했다.

초등학교 졸업 문집에 장래 꿈을 '평범한 샐러리맨'이라고 쓴 반 친구가 있어서 뭐야, 그게, 라고 생각했지만그 아이가 옳았다. 어릴 때부터 목표로 해야 했다. 간신히 일자리를 구했을 땐 계약직이든 뭐든 좋았다. 사원이라는 이름이 붙는 데 진심으로 안도했다.

"독신인 의사 선생님도 있겠지?"

엄마가 꼬치꼬치 물으면서 부담스러운 기대를 했지

만, 일을 시작해보니 그게 문제가 아니었다.

보스 원숭이 같은 여자가 작은 원숭이 산을 지배하고 있었다. 선물로 들어온 과자를 한 명한테만 주지 않는 노골적인 왕따를 당한 것은 히나코가 아니라 선배였지만, 매일 아침 일하러 가는 발걸음은 무거웠다. 당번제인 쓰레기 버리기를 강요당하는 것이 히나코가 아닌 동기 미요시 씨였어도. 사무실 구석에 놓인 관엽식물조차 그의 눈치를 보며 서 있는 것처럼 보였다.

모든 말에 무조건 끄덕이고, 튀지 않고, 젊은 남자 의사나 베테랑 간호사들과 친하게 지내지만 않으면 보스 원숭이는 생일에 머그컵을 선물하기도 했다.

굴복하고 지냈던 자신을 생각하면 지금도 한심하다. 그렇다고 무얼 어떻게 해야 좋았을까.

설마 면접에서 그런 이야기를 했을 리는 없고 더 호감 가질 만한 얘기를 했을 것이다. 귀사와 같은 가정적인 분위기의 파견 회사가 제게 잘 맞을 거라고 생각했습니다, 라든가.

면접 중에 이시오카가 한 말을 히나코는 딱 한 가지 기억하고 있다.

"일을 잘하면 우리 회사에서 정사원으로 스카우트하

기도 합니다."

아직 그런 말이 없다는 것은 나는 그렇지 않다는 것이겠지.

히나코는 크게 한숨을 쉬었다. 이마를 대고 있던 창문은 한숨의 양만큼 뿌예졌다가 이내 투명해졌다. 열린 캐리어에는 아까 한바탕 휘저어놓은 탓에 갈아입을 티셔츠 소매가 축 늘어져 있다.

해 질 녘 해변에는 사람 그림자도 드물었다. 몸을 지키듯이 포장마차가 모여서 영업을 하고 있다.

"사각지대에서 강도가 불쑥 나오는 일도 있으니 어두워지면 해변에 가까이 가지 마세요."

버스에서 인솔자가 말했다. 일본인에게는 위기감이 없다고도. 에어컨 바람이 시원했다. 가볍게 머리를 말리고 히나코는 티셔츠와 반바지 차림으로 침대에 쓰러졌다. 평평한 곳에 눕는 것은 하루 반 만이다.

목이 아프다. 본격적으로 감기가 왔는지도 모른다. 저녁 식사까지 두 시간 남았지만, 억지로라도 자두는 편이 좋을까. 그러나 한번 잠들면 일어나지 못할 것 같은 기분이 든다.

"아, 그렇지."

히나코는 일어나 테이블 위의 그림엽서를 갖고 와서 다시 뒹굴었다. 표면이 반짝반짝 빛나는 그림엽서에는 브라질 관광명소 사진이 박혀 있다.

이시오카 씨한테 그림엽서를 보내면 어떨까.

문득 그런 생각이 들어서 아까 호텔 프런트에서 갖고 온 것이다. 그림엽서를 부채 삼아 히나코는 얼굴 주위에 작은 바람을 만들었다.

이시오카가 옛날에 남미를 여행한 적이 있다는 얘기를 들은 뒤로 그의 존재감이 나날이 커졌다. 평범한 그림책이 입체 그림책이 된 것처럼.

메일 주소는 알고 있다. 감기로 결근할 때는 직장과 파견 회사 양쪽에 연락을 하는 것이 규칙이었다. 히나코의 담당은 줄곧 이시오카여서 몇 번 메일을 한 적은 있지만, 해외여행지에서 잡다한 얘기를 보낼 정도의 사이는 물론 아니었다.

(이시오카 씨, 잘 지내세요? 지금 브라질에 있답니다.)

침대에 누운 채 머릿속으로 메시지를 써본다.

아냐.

이건 아냐.

잘 지내세요, 라니 뭐야? 너무 천연덕스럽잖아. '추위 안부' 같은 대의명분이라도 있으면 좋겠지만, 지금은 3월이고.

아, 그런 것보다 직장으로 보내니까 '늘 감사합니다'로 시작하는 게 기본이 아닐까.

(늘 감사합니다. 저는 지금 브라질에 있답니다.)

히나코는 눈을 감았다.

(남국의 과일은 정말 맛있습니다.)

(본 적도 없는 검은 새가 리우의 하늘을 날고 있습니다.)

(다음에 이시오카 씨의 남미 이야기를 들어보고 싶습니다.)

낮에 올라간 팡지아수카르라는 동그란 바위산. 바다가 건너다보였다. 예수상이 보였다. 큰 나무에 아보카도가 열려 있었다. 그 밖에 또 떠올리려고 했지만 히나코의 기억은 도중에 초등학생 때 소풍 간 동네 산과 뒤섞였다.

도토리를 잔뜩 주웠다.

쓰러진 나무그루에 앉아서 도시락을 먹었다.

다들 줄넘기를 했다.

선생님도 즐거워 보였다.

돌아오는 산길에서 엎어졌을 때 생긴 흉터가 지금도 왼쪽 무릎에 남아 있다.

꿈. 그 시절 내 꿈은 무엇이었을까.

덜덜덜덜덜 하는 전화 소리에 히나코는 벌떡 일어났다. 맙소사, 잤나 봐! 베갯머리의 수화기에 손을 뻗쳐서 "아, 네, 죄송합니닷!" 하고 반사적으로 사과했다. 들려온 것은 태평스러운 기요코의 목소리였다.

"뭐야, 히나코, 잤어?"

"아, 하하하, 응, 깜빡 잠이 들었네, 아, 깜짝이야."

히나코는 시계를 보고 자기가 20분쯤 잤다는 데 놀랐다. 아주 잠깐이었던 것 같은데.

"히나코, 우리 슈퍼에 가볼래?"

그러고 보니 호텔 근처에 슈퍼가 있다고 아까 인솔자

가 설명했다. 기념품을 살 수 있다고 했다. 간다면 해가 저물기 전이 좋다고도. 이대로 방에 있으면 본격적으로 잘 것 같았다.

"응, 갈래."

벌떡 일어난 탓에 히나코의 고동은 아직 조금 빨랐다.

"그럼 15분 뒤에 로비."

기요코가 전화를 끊으려고 해서 황급히 불렀다.

"앗, 앗, 이모!"

"왜에?"

"관광객을 노리니까 수수하게 하고 가는 게 좋아."

"오케이."

기요코는 웃으며 전화를 끊었다.

❧

딸들을 생각하면 구보타 요시에는 이상해서 견딜 수 없었다. 둘 다 남자 복이 없다.

"어째설까."

싱크대 설거지통에 우동 그릇을 담으면서 요시에는 고개를 갸웃거렸다.

장녀 야요이는 남편의 바람으로 싸우다 이혼했고 차녀 히나코는 아직 한 번도 남자 친구를 데리고 온 적이 없다.

딸 바보라고 해도 할 말 없지만, 둘 다 그리 인물이 나쁘지도 않다.

요시에는 싱크대에 기대섰다. 점심은 면류를 먹을 때가 많다. 오늘은 남편 가즈오가 먹고 싶다고 해서 카레 우동을 만들었다. "잠깐 눈 좀 붙일게" 하고 2층에 올라간 가즈오는 집에서 뒹구는 추리닝 차림이다.

야요이가 남편의 전근으로 일을 그만둔 것은 어쩔 수 없다고 해도 히나코는 한 번도 정규직이 되지 못했다. 지금은 파견 사원인 것 같은데 나이가 많아지면 일이 들어오지 않는다는 것쯤 야요이도 안다. 게다가 출퇴근하기 편하다며 야요이네 집에 들어가더니 그대로 눌러 살고 있다.

카레 기름 탓에 우동 그릇이 아직 끈적거렸다. 요시에는 한 번 더 스펀지에 세재를 묻혔다. 스펀지 가장자리가 너덜너덜하다. 슈퍼 갔다 오는 길에 백엔숍에 들러야지. 빨래집게도 부족하고.

야요이도 그렇다.

이혼까지 할 일도 아니지 않은가. 남편은 그럭저럭 괜찮은 회사에 다니고 월급도 제대로 가져다줬다. 바람피운 상대가 야요이의 친구였다는 것은 확실히 너무했다. 그렇긴 하지만 엎드려서 사죄까지 했다고 하니 얘기 정도 들어주면 좋았을걸.

위자료로 살고 있던 맨션을 받았다고 야요이는 기세등등하지만, 매달 관리비도 있다. 자매 둘이 계속 살 수도 없을 테고.

잘못 키워서 그런가 하면 요시에한테는 나는 잘했어, 열심히 키웠어, 하는 자부심이 있다.

배우고 싶다고 하는 건 다 가르쳤다. 가계를 쥐어짠 시기도 있다. 도시락 가게에서 아르바이트도 했다. 무리를 한 것이다. 야요이는 수영과 펜글씨. 히나코는 춤과 피아노. 결국 둘 다 어디에 도움이 될 만큼 계속하진 않았지만.

"히나코, 지금쯤 어쩌고 있을까."

도대체 브라질이라니. 무슨 일이 생겨도 너무 멀어서 바로 데리러 갈 수도 없다.

180만 엔이라니 그런 고액의 여비를 턱 대는 기요코도 기요코다. 언니인 나한테는 한 번도 해외여행 가자고 한 적 없으면서.

그렇다고 요시에가 해외에 가고 싶은 건 아니다.

말도 통하지 않는 데서 어물거리다니 딱 질색이다.

설거지를 마치고 요시에는 불에 주전자를 올렸다. 주방 창문이 달칵달칵 울렸다. 꽃샘추위가 올지도 모른다고 오늘 아침 뉴스에서 말했다.

해외여행에 180만 엔이나 쓸 정도라면. 그럴 돈이 있다면.

생각해봐도 떠오르지 않았다.

돈을 들이면 나도 기요코처럼 세련될 수 있어.

요시에는 그렇게 생각할 수는 없었다.

기요코는 어릴 때부터 '감'이 좋았다. 물려받은 옷이어도 세련되게 입었고, 아무리 엄마가 권해도 끝까지 입지 않는 옷도 있었다. 나란히 찍은 사진은 하나같이 기요코 쪽이 세련됐다. 똑같은 싸구려 옷이었는데도.

"백화점 직원이 옷이랑 구두 같은 신상을 들고 기요코 이모네 집에 찾아오는 것 같아."

언제였던가 히나코가 말했다.

그건 대체 무슨 의미일까. 집에서 시착을 하고 마음에 들면 사는 건가. 하여간에 공주님도 아니고.

요시에는 삐 하고 울리기 전에 주전자 불을 껐다. 인스턴트커피를 컵에 넣고 뜨거운 물을 부었다. 카디건 소맷자락에 생긴 보풀을 발견하고 두세 개 뜯어서 싱크대에 버렸다.

행복하지 않은 건 아니다. 남편 가즈오는 정년까지 직장에 다녔다. 딸들도 귀여운 구석이 많다. 작년 어머니날에는 둘이서 근사한 돋보기를 선물해주었다. 기요코가 자기처럼 평범한 인생을 보내는 동생이었더라면 이 행복은 지금보다 훨씬 선명해졌을 것이다.

요시에는 상상해본다. 나이 먹은 자매의 마음 편한 여행. 구라시키(오카야마현에 있는 소도시―옮긴이) 정도라면 가도 좋을지 모른다. 좀 무리해서 그린차(일반 열차보다 비싸지만 의자가 편안하고 공간이 쾌적하다―옮긴이) 타고 가야지, 이러면서. 차창을 내다보며 어린 시절 이야기로 꽃을 피운다.

둘이서 잘 놀던 우체국 뒤 공원에는 빨간 시소가 있었다. 넓은 모래사장도.

모래성을 양쪽에서 파나가다 터널 한복판에서 손이 마주쳤을 때의 간지러움. 남편과도 딸과도 나눌 수 없는 애틋한 추억.

요시에는 선 채 커피를 한 모금 마셨다. 매일 닦는다고 닦는데 타일 눈금에는 지워지지 않는 기름 얼룩이 있었다.

주방의 작은 창으로 물푸레나무가 보였다. 보들보들한 잎이 바람에 흔들리고 있다. 올해도 초여름에는 조그맣고 하얀 꽃을 피우겠지 생각하니 약간 마음이 밝아졌다. 요시에는 이 나무가 좋았다. 비록 옆집 정원의 나무이긴 하지만.

🌱

어째서 진분홍 재킷을?

왜 저렇게 큰 금 귀걸이를 하고 온 거지?

히나코는 어안이 벙벙했다. 수수하게 하고 나오라고 당부했건만 로비에 나타난 기요코는 평소와 다름없는 복장이었다. 그나마 다행인 것은 손가방을 대각선으로 메고 나온 것이다.

"기다렸니."

선글라스를 낀 기요코는 느긋하게 미소 지었다. 입술이 예뻐서 진한 립스틱이 잘 어울린다. 재킷 색과 같다.

"히나코, 미안, 잠깐 한 대."

기요코가 바깥의 흡연 코너에서 담배를 피울 때까지
히나코는 소파에 앉아서 기다렸다.

예쁜 사람이야.

유리 너머로 기요코를 보며 히나코는 새삼 생각했다.
정말 예쁜데 신기하게 나이에 걸맞게 보인다. 지금은
65세의 미인이고 10년 전에는 55세의 미인이었다. 그리
고 그것은 주위 사람들을 편안하게 했다.

몇 살인지 잘 알 수 없는 사람은 무섭다. 보이지 않는
세계에 끌려들어 가는 것 같아서.

기요코 이모한테 "예쁘시네요"라고 하는 사람은 많이
있지만, "젊어 보이시네요"라고 하는 사람은 본 적이 없
다.

첫날인데 기요코는 이미 투어의 중심 인물이 되었다.

버스에서,

"아아, 배고파, 오노다 씨이, 밥 아직이야? 배 너무 고
파"

허스키한 목소리로 애원하기만 해도 버스 안에 까르
르 웃음이 터진다. 인솔자인 오노다도

"아유, 마쓰시타 씨, 조금만 기다리셔요"

하고 기요코의 어리광을 즐기는 것 같았다.

자매여도 참 다르다. 히나코는 엄마를 생각했다. 엄마라면 지금 슈퍼에 가자고 절대 말하지 않는다. 위험해, 하고 자유 시간에도 호텔에서 한 걸음도 나가지 않을 것이다.

그렇다고 기요코 같은 엄마가 좋은가 하면 그것도 좀 아니다.

나리타 공항에서 "그럼 다녀올게" 하고 전화를 했을 때도 누구한테 들었는지, "버스에 강도가 탈 때도 있대" 하고 브라질행을 말렸던 엄마. 히나코는 지금에서야 퉁명스럽게 전화를 끊은 것을 후회했다.

담배를 다 피운 기요코가 이리 오렴, 하고 밖에서 손짓을 했다.

두 사람은 나란히 해안가를 걸었다.

"또 날아다니네, 저 검은 새."

"콘도르래, 검은 콘도르."

기요코가 자신 있게 말했다.

슈퍼는 가까이에 있었다. 좁은 통로에 고기와 채소, 과자, 일용품, 주류까지 빼곡하게 진열돼 있다.

"엄청나네, 신난다!"

히나코는 입구에 쌓인 장바구니를 들었다. 기요코는 빈손으로 안까지 쌩 걸어갔다.

비스킷과 사탕, 마테차 티백을 두세 개씩 바구니에 넣었다. 3만 엔을 브라질 통화인 레알로 환전했지만, 사용하는 것은 지금이 처음이었다.

"아, 뭔가 귀여워."

진열대 선반에 빽빽하게 꽂아놓은 즉석면도 다섯 봉지쯤 바구니에 넣었다.

고등학교나 대학교 시절에 친했던 친구들과도 지금은 거의 만나지 않는다. 선물을 살 상대가 줄어든다. 변화가 없다고 생각한 일상은 눈에 보이지 않는 작은 구멍으로 새어 나가 시들해졌다.

이시오카 씨한테 뭐 하나 사 갈까.

"브라질은 초콜릿도 맛있답니다."

인솔자 오노다가 한 말을 떠올리고 히나코는 동물 그림이 그려진 판 초콜릿에 손을 뻗쳤다.

"고스케, 밥 다 됐다!"

그 목소리는 평소의 약하디약한 모습과 달리 밝고 힘찼다.

그러나 2층에서는 아무런 대답도 없다. 아무도 없으니 당연하지만, 후미의 말투가 너무나 자연스러워서 야요이는 저도 모르게 귀를 기울였다.

"쟤는 좀처럼 일어나지 않아. 아침에 깨울 때마다 전쟁이야."

"아직 젊어서 잠이 많나 봐요, 고스케 씨는."

야요이의 말에 "맞아, 내가 못살아" 하고 후미가 끄덕였다. 이제 곧 정오가 되어간다.

반년 전, 야요이가 요양보호사로 처음 방문한 곳이 시바모토 후미의 집으로 주 2일씩 다니고 있다. 다음 달에 여든한 살이 되는 후미는 치매는 있지만, 현재 요양보호사와 돌봄 서비스를 최대한 이용하여 일상생활은 혼자 하고 있다. 밤에는 가까이에 사는 남동생 부부가 상태를 보러 와주는 것 같다. 남편과 일찍 사별한 후미에게는 딸과 아들, 두 자녀가 있지만 이름을 부르는 것은 언제나 아들인 '고스케'뿐이었다. 후미에게 '고스케'는 초등학생일 때도 있고, 좀 더 클 때도 있다. 오늘 느낌으로 보면 잠꾸러기 고등학생쯤 될까.

"저기, 당신이 고스케 좀 깨워주지 않겠수?"

식탁에 앉은 후미가 미안한 듯이 야요이에게 말했다.

야요이가 집안일 도와주러 온 사람이라는 인식은 있는 것 같다.

"나는 무릎이 아파서."

"그럼 잠깐 보고 올게요. 후미 씨, 먼저 식사하세요."

냄비부터 싹 씻어놓고 싶지만, 야요이는 젖은 손을 수건으로 닦고 계단을 올라갔다.

2층은 지금 창고가 돼 있다. 열어둔 두 개의 다다미방 중 오른쪽이 고스케의 방이었겠다고 추측한 것은 왼쪽 방 창문에 걸린 커튼이 핑크 꽃무늬여서다. 이쪽이 딸의 방이었겠지. 딸이라고 해도 후미의 나이를 생각하면 야요이보다 연상일 터다.

고스케 방에는 여러 개의 상자 외에 낚싯대와 둥글게 뭉친 포스터 다발, 큰 여행용 가방 뒤에는 음반이 올려진 채로인 레코드 플레이어가 보인다. 다른 방에는 손님용 이불과 방석이 산더미처럼 쌓여 있고, 오래 빛을 보지 않은 탓에 한쪽만 허옇게 바랬다.

두 방 사이에 있는 나무 판자가 깔린 짧은 복도에는 먼지가 얇게 내려앉았다. 조용했다. 추억과 시간까지 먼지 아래에서 말라버린 것 같았다.

만약 내가 카메라맨이라면 이런 풍경을 찍을지도 모

르겠다.

카메라맨을 동경한 적도 없는데 야요이는 이곳에 서니 그런 생각이 들었다.

"아직 배가 안 고프대요."

계단을 내려오면서 야요이는 밝은 목소리로 말했다. 1층에는 주방과 6평 남짓한 양실. 그리고 맹장지 문 안쪽 다다미방이 후미의 침실이다. 욕실과 화장실은 복도 끝에 있다. 기본적으로 물건이 많아서 '옷(빨강)'이라든가 '명절용품' 혹은 '아버지·공구' 등 손수 쓴 라벨이 붙은 상자가 냉장고와 그릇 선반, 서랍장 위에 빈틈없이 쌓여 있다.

식탁에 앉은 후미는 무릎에 올린 조그마한 손을 비비고 있었다. 식사에는 손도 대지 않은 채로다. 어떤 음식을 차려놓아도 후미는 양이 많은 쪽, 모양이 좋은 쪽이 '고스케' 것이어야 한다.

"이런, 그랬구나……. 그럼 나도 나중에 먹을까."

후미가 걱정스러운 듯이 2층을 올려다보았다.

"고스케가 먼저 드시래요. 자, 후미 씨, 밥 식어요."

야요이는 후미의 등을 가만히 어루만져주었다. 마른 등이다. 새끼 고양이를 안아 올렸을 때 같은 약하디약한 뼈가 느껴진다. 진한 맛을 좋아하는 후미지만, 혈압이 높으니 염분은 적게 하라는 요양보호사 센터의 지시가 있었다.

"고스케 것은 랩 씌워서 냉장고에 넣어둘게요."

가자미조림과 피망볶음 그릇에 랩을 씌워서 야요이는 싱크대 쪽으로 가져갔다. 1인분을 2인분으로 나눈 것뿐으로, 이 과정이 끝나면 야요이는 보이지 않는 데서 랩을 벗겨, 너무 많이 만들었네요, 조금 더 드셔보세요, 하고 후미의 접시에 고스케의 몫을 되돌려놓는다.

"저는 욕조에 물 빼고 올게요."

씻다가 둔 냄비 뒷정리를 마치고 야요이는 후다닥 욕실로 향했다. 돌아보니 혼자 점심을 먹기 시작한 후미의 옆얼굴이 보였다. 3월에 들어섰지만, 집 안이 썰렁해서 후미는 전기난로를 등에 업듯이 앉아 있다.

식사 때 만큼은 말동무가 되어주고 싶었다. 그러나 사온 세제와 조미료를 정리하고 세일하길래 산 다진 소고기도 소분하여 냉동해야 한다. 후미의 돌보미 일정에는 장보기, 점심과 저녁 두 끼 조리, 욕실, 화장실 청소를 하는 것으로 되어 있다. 시간이 늘 부족하니 사용하지 않는 2층 복도까지 청소할 여유가 없다.

"드링크 바."

젊은 아르바이트 점원에게 말하는 자기 목소리가 엄마를 닮은 것 같아서 야요이는 "으흠, 음" 하고 목을 가다듬었다.

후미의 집을 나온 후 일단 집에 돌아와서 점심을 먹고 3시부터 다른 이용자 집에 가서 청소를 마친 다음에야 야요이의 하루 일은 끝났다. 그 길로 역 앞 편의점에 들러 리포트 용지를 사서 가까운 패밀리 레스토랑에 들어온 참이다. 가게가 비어서 창가 넓은 자리를 골랐다.

날이 갈수록 해가 길어지고 있다. 횡단보도 너머에는 초등학생들이 빨려들듯이 학원으로 들어가는 것이 보인다. 성미 급한 이자카야 앞에는 벚꽃 조화가 장식되어 있었다.

따뜻한 커피를 뽑아서 자리로 돌아와, 리포트 용지를 꺼냈다. 이런 걸 산 것은 학생 때 이후 처음이다. 첫 장을 손바닥으로 가만히 쓰다듬자 서늘한 종이 느낌이 반가웠다.

그건 대체 무엇이었을까.

야요이는 아직 어젯밤 자기 행동을 이해할 수 없었다. 편의점에서 부딪힌 젊은 여자를 미행한 것이다. 반바지

아래로 쭉 뻗은 다리를 자랑스러워한 여자.

발끝으로 자전거 조명을 끄고 여자를 쫓았다.

부딪혀놓고 모른 척하는 일은 과거에 수없이 겪었지 않나. 지금 대체 뭘 하는 거지?

냉정해지려고 하는 자신을 뿌리치면서 페달을 밟았다. 부동산 가게 모퉁이를 돌아서 좁은 골목길로 들어서자 가로등 수가 급격히 적어졌다. 길 양옆에는 주택들이 늘어서 있었다. 여자는 비닐 시트에 덮인 공사장 길을 따라서 좌회전하더니 속도를 떨어뜨리고 낡은 다세대주택 입구에 자전거를 세웠다. 야요이는 시침을 뚝 떼고 화단 뒤에서 여자가 집에 들어가는 것을 확인했다. 2층 제일 앞 집이었다.

패밀리 레스토랑의 젊은 남자 종업원이 테이블로 전표를 갖고 왔다. "천천히 즐겨 주세요" 하는 말을 마치기 전에 벌써 뒷모습이다.

말하지 않아도 느긋이 있을 생각이었다. 오늘 밤도 혼자다. 일주일이나 혼자 있는 건 39년 인생에서 처음일지도 모른다. 부모님과 살다가 결혼하여 부부 둘이 살고, 이혼 후에는 바로 동생 히나코와 같이 살았다. 그 동생은 지금 기요코 이모와 브라질에 있지만.

달그락달그락 스푼 끝이 접시에 닿는 소리가 가게 안에 울린다. 구석 자리에서 초로의 슈트 차림 남자가 카레를 먹는 것이 보였다.

미행은 어이없을 정도로 간단했다. 야요이는 우편함에 뭔가 넣어놓을까 하고 순간적으로 생각했다. 흙이나 잡초나. 근처에 있을 법한 그런 것. 그러나 그것으로 그 여자에게 무엇이 전해질 건가. 사람한테 부딪혀놓고 사과하지 않으면 너도 이런 꼴 당한다, 라고? 흙이나 잡초로 못된 심보를 고칠 리 없다.

누구한테 들켜서 신고당할 가능성도 없지 않다. 경찰서라도 가는 사태가 일어난다면 엄마는 울고(아버지는 예상이 되지 않는다), 동생은 어이없어하고 이혼한 남편은 헤어지길 잘했다고 안도할 것이다.

이혼한 남편…….

떠올리는 일도 적어졌다. 그러나 문득 떠오르면 분노가 치밀며 죽어버렸으면 좋겠다는 생각이 버럭 든다.

야요이는 패밀리 레스토랑 테이블에 턱을 괴고 창밖을 보았다. 여전히 초등학생들이 학원으로 빨려 들어가고 있다.

결국 어젯밤 야요이는 아무것도 하지 않고 몇 블록

앞의 자기 집으로 돌아왔다. 어지간히 흥분했는지 자전거 보관소에서 엘리베이터로 5층에 올라가서 현관문 열 때까지의 기억이 빠져 있다.

야요이는 리포트 용지 첫줄에,

  1. 미행

이라고 써보았다.

히나코가 브라질에 간 동안 매일 뭔가 한 가지 새로운 일을 해보는 건 어떨까. 문득 그런 생각이 들어서 리포트 용지를 사본 것이다. 어제 맛본 정체불명의 달성감 때문이었다고 야요이는 생각했다. 그러나 그것도 나쁘지 않았다.

"야요이, 어제와 뭔가 느낌이 다른데?"

나오코의 말에 야요이는 맥주를 마시다 말고 캑캑거렸다.

"어머, 괜찮아?"

나오코는 재빨리 일어서서 야요이의 등을 쓸어주었다. 쓸어주면서도 비어 있는 왼손으로 자기 가방에서 휴지를 찾는다.

"미안, 사레가 들려서."

한참 캑캑거리다가 진정된 뒤, 야요이는 "아무 일도 없는데" 하고 웃어 보였다. 어젯밤 낯선 여자를 미행했다고 하면 분위기가 이상해질 게 분명하다.

역 뒤의 싸구려 이자카야는 퇴근한 샐러리맨들로 붐볐다. 점원들은 똑같은 티셔츠를 입고 머리에 두건을 두르고 있다. 구석의 좌식 자리에는 단체 손님 맞을 준비를 하고 있었다. 저기가 다 차면 시끄러워지겠네. 야요이는 네 대의 휴대용 가스레인지에 알루미늄 냄비가 올려진 것을 보며 생각했다.

"아무 일도 없으면 됐어. 이 일을 하다 보면 앞에 있는 사람 컨디션이나 기분 같은 데 민감해지잖아? 무슨 일이 있었나 했지."

맥주잔의 물방울을 물수건으로 닦으면서 나오코가 여전히 빠른 말투로 말했다. 테이블에는 토마토와 아보카도 샐러드, 꼬치구이 세트가 놓여 있다. 야요이가 고른 베트남 춘권은 아직 나오지 않았다.

아침부터 일곱 군데의 노인 가정을 방문하고 왔다고 생각할 수 없을 만큼 나오코는 발랄했다. 남편이 갑자기 출장을 가고 아이들도 오늘은 저녁이 필요 없다고 한다. 패밀리 레스토랑에서 리포트 용지를 펼쳐놓고 있을 때, 오늘은 느긋하게 한잔할 수 있을 것 같다고 메시지가 왔다. 햇볕에 그을린 나오코의 긴 목에는 드물게 목걸이가 걸려 있었다.

"동생 브라질 갔다 그랬나?"

"응, 지금쯤 리우 카니발 보고 있을 거야."

"멋지다, 브라질이라니."

춘권이 나와서 두 사람은 한 개씩 들었다.

"야요이네 이모님, 혹시 부자야? 여행비를 내주셨다면서?"

나오코가 춘권을 입안 가득 물었다.

"글쎄, 그냥 연금 생활 하는데."

야요이는 얼버무렸다. 섣불리 자랑했다가는 나중에 의지하려 들지도 모른다.

"여행은 혼자 가기 좀 그래, 그치."

나오코가 말하고는, 아, 그렇지만 아들이 있어도 둘이 여행 가는 건 절대로 무리고, 하고 웃으며 덧붙이는 게 자신에 대한 배려라는 것이 약간 거슬렸다.

"어서 오십시오!" 하는 힘찬 소리와 함께 단체 손님이

우르르 들어왔다. 직장 환송회일까. 마지막으로 들어온 간사인 듯한 남자가 점원에게 꽃다발이 든 봉지를 맡긴다.

"그러고 보니 너무한 얘기가 있어."

꼬치구이를 꼬치에서 젓가락으로 빼면서 나오코가 한숨을 쉬었다.

"응, 뭔데?"

얘기가 끊어질 무렵 화장실에 갈 생각이었지만, 야요이는 좀 더 참기로 했다.

"전에 말이야, 골절해서 그대로 시설에 들어간 할머니가 있다고 했잖아?"

"환청이 있다는 그 할머니?"

"맞아, 맞아. 그 할머니가 돌아가셔서."

환청과 환각 증세가 있는 할머니는 아무도 믿어주지 않는다며 자주 운다고 나오코가 한 말을 기억한다.

"딸 둘이 재산 싸움으로 난리가 난 것 같아."

"같이 산 딸이 있는 거야?"

야요이는 어머니를 돌보는 사람이 많이 받는 게 당연하다고 생각한다.

"아니, 두 사람 다 결혼해서 따로 살아. 근데 언니도 동생도 이따금 보러 오는 정도였어. 그야말로 이따금이었지만."

나오코는 당시를 떠올리듯이 말했다. 좌석 자리에서는 누군가의 인사가 끝났는지 짝짝짝 박수가 울렸다.

"많았어? 재산?"

야요이가 물었다.

"그게 말이야, 100만 엔이래."

그 말에 "헐" 하는 얼빠진 소리를 냈다.

"겨우 100만 엔으로 재판이 어쩌고저쩌고하는 거야."

나오코가 얼굴을 찡그리면서 말했다.

"반이라 해봐야 50만 엔이네."

재판 비용이 더 비쌀 것 같다.

"돈이 궁한 느낌도 아니더라고."

"그래?"

"응, 언니는 대학교수 같아."

대학교수 월급이 얼마인지 야요이는 모르지만, 100만 엔을 서로 빼앗으려고 할 만큼 형편없지는 않을 것이라고 생각했다.

"돈 얘기뿐만은 아닐 거야."

나오코가 말하고,

"이런저런 의견 충돌이 있는 것 같아."

야요이가 재미있어했다.

"근데 두 사람 다 보기에는 얌전하고 수수한 사람들이야."

나오코가 맥주잔을 드는 걸 기회로 야요이는 어머, 그렇구나, 정말 대단한 사람들이네, 미안, 잠깐 화장실 좀, 하고 일어섰다.

뭔지 모르게 술이 부족한 밤이었다.

그렇다고 집에서 캔 맥주를 마실 기분도 아니어서 야요이는 자전거를 끌면서 환한 편의점 앞을 지나갔다.

이럴 때 단골 바라도 있으면 좋을 텐데. 이 동네에서 산 지 5년째지만 가볍게 들를 만한 가게가 없다.

역에서 헤어진 나오코는 아들에게 줄 아이스크림을 산다고 했다.

"야요이, 신체 간호 일은 안 할 거야?"

"몸을 만지는 게 무서워서……."

그렇게 대답은 했지만, 하고 싶지 않은 것이 야요이의 솔직한 마음이다. 물론 자격증을 딸 때에는 강습을 받았고 실습도 했다.

요양보호사 일은 주로 생활 도우미와 간병으로 나뉜다. 간병이 시급이 높다. 옷 갈아입기나 체위 바꾸기, 양치질, 기저귀 갈기, 몸 닦기 등 문자 그대로 신체적인 간호가 신체 간호이지만, 야요이는 내키지 않았다.

간호 강습 다닐 때 강사가 곧잘 말했다. 아기 기저귀를 갈아본 분이라면 아시겠지만, 하고. 그렇게 말할 때마다 야요이는 주눅이 들었다. 학생들은 대부분 나오코도 포함하여 육아 경험이 있는 주부들이었다. 간혹 남자 수강생도 있어서 동료 의식을 가졌더니 "딸이 어릴 때에는 기저귀를 갈아주었죠" 하고 배신했다. 야요이는 남의 소변과 대변을 보면 머리가 어질어질했다.

남의 몸에 손대는 것이 무섭다는 것도 정말이었다. 부축하거나 안아 올릴 때 멈칫거리게 된다. 그렇다고 장보기, 요리, 청소, 세탁 등이 중심인 생활 원조 일이 맞는 것도 아니다. 지저분한 부엌에서 요리를 해야 할 때도 있다. 욕실에 관엽식물을 잔뜩 두어서 청소 때마다 징그러운 벌레를 만날 때도 있다. 그러나 그곳은 모두 타인의 안식처로 돌담처럼 탄탄히 쌓아 올린 저마다의 방식이 있다.

상점가를 빠져나온 끝에 있는 주차장에서 큰 고양이

두 마리가 서로 으르렁거렸다.

내게는 요양보호사 일이 맞지 않는다. 가능하다면 다른 일을 하고 싶다. 이를테면 케이크 만들기라든가. 청결한 주방, 반짝반짝 잘 닦인 스테인리스 조리대! 새하얀 밀가루와 신선한 달걀을 앞에 놓고 뭔가 아름다운 것, 행복한 것을 만드는 일을 하고 싶다. 그것이 어릴 때부터 꿈이었다.

쿠킹 스쿨이라도 다닐까. 그리고 열심히, 열심히 해서 지금까지 그랬던 적 없을 만큼 열심히 해서 자격증을 따서 손수레만큼 작아도 괜찮으니 내 가게를 가질 수 있다면……. 가게를 낼 때는 기요코 이모한테 좀 투자해 달라고 할까. 나는 브라질 여행에도 데려가주지 않았으니까.

문득 등 뒤에서 들뜬 목소리가 들렸다. 돌아보니 그리 젊지 않은 여자 두 명이 다목적 빌딩 1층에서 나오는 참이었다. 여자들은 그대로 역을 향해 사라져갔다. "취하네~" 하는 소리가 들려왔다. 야요이는 되돌아서 간판 같은 것을 찾아보았다. 아무것도 없다. 자세히 보니 손잡이 옆에 가게 이름이 적힌 작은 팻말이 있었다.

야요이는 스마트폰으로 가게 이름을 검색하려다가

그만두었다. 천천히 문을 열어보았다. 지하로 이어지는 계단이 있었다. 오른발을 한 걸음 앞으로 내민 것은 적 갈색 나무 벽과 그 벽에 걸린 증기선 그림의 느낌이 좋 아서였다.

가게는 뜻밖에 넓었다. 지하지만 천장이 높았다. 긴 카 운터가 있고 바로 앞에 슈트 차림의 젊은 남자 세 명, 구 석 자리에 티롤 모자를 쓴 남자 한 명이 마시고 있었다.

백발의 남자가 어서 오세요, 하고 상냥하게 맞아주었 다. 남자 옆에 서 있던 검은 셔츠에 검은 조끼를 입은 젊 은 여자가 한가운데 자리를 권했다.

카운터 안쪽에는 거대한 나무 선반이 있고, 술병이 꽉 차 있다. 백발의 남자가 주인인가 보다. 구석에 앉은 손 님 한 명과 얘기를 하고 있다.

"메뉴 보시겠어요?"

조끼 여자가 물어서 야요이는 네, 하고 고개를 끄덕였 다.

메뉴는 주로 위스키로 마지막 페이지에 맥주와 와인 리스트가 아주 약간 있었다. 점잔을 뺄 필요도 없었다. 요양보호사 일을 끝내고 돌아오는 길이다. 무릎 나온 바 지에 회색 파카. 도트백에는 앞치마와 수건을 넣어서 불룩하다. 신발은 스니커였다.

"정하셨어요?"

"위스키, 전혀 모르는데 추천해주시겠어요?"

다른 손님이 듣고 있다고 생각하니 역시 부끄러웠지만,

"아, 소다를 타서 마시고 싶은데요"

하고 야요이는 덧붙였다.

"그러면 이쪽은 어떠세요."

가리킨 것은 탈리스커라는 이름의 위스키였다. 스모키지만 깔끔하게 마시기 좋다고 한다.

"아, 그럼 이걸로."

신기했다.

아침에 일어났을 때에는 상상도 하지 못한 전개였다. 지금 나는 조용한 바의 카운터에서 위스키를 주문하고 있다. 그것도 혼자서.

보기에는 얌전해 보이는 수수한 사람들이야.

나오코는 100만 엔 쟁탈전을 벌이는 자매를 그렇게 표현했다. 나 역시 누가 봐도 얌전해 보이는 수수한 사람이다.

야요이는 어젯밤의 수수께끼가 풀리는 기분이 들었

다. 발작적으로 여자를 미행한 것.

수수한 옷을 입고 수수한 화장을 하고 수수한 머리 모양의 수수한 여자. 그런 수수한 여자가 미행을 하고 있다고, 그 화려한 젊은 여자에게 알려주고 싶었다. 그런 게 아니었을까.

많이 기다리셨습니다, 하고 앞에 잔이 놓였다. 희부연 카운터에서 탄산 거품이 터지고 있다. 입술을 대면 찢어질 것 같은 얇은 잔이었다. 연기에 그을린 듯한 풍미가 났다. 맛있었다.

2. 바

집에 돌아와서 리포트 용지를 쓰는 것이 조금 기뻤다.

3

두 사람의 위(胃)에는 아무것도 남아 있지 않았다. 아무
것도.

그들이 마지막에 먹은 것은 무엇이었을까. 히나코는
배가 고플 때가 아니라, 음식을 먹다 남겼을 때 그 사건
을 떠올렸다.

자산가였던 노자매가 맨션 한집에서 굶어 죽었다는
뉴스는 텔레비전에서도 화제가 되었지만, 이내 새로운
사건에 쓸려 지워졌다.

그러나 히나코의 마음속에서는 잊히기는커녕 몇 년이
지난 지금도 바래지 않았다. 더 진해진 느낌조차 든다.

전기와 가스가 끊긴 방에는 동전밖에 남아 있지 않았다. 자매는 영양실조인지 깡말라 있었다. 발견된 것은 한겨울이었다. 한 사람은 목도리에 코트 차림이었다. 뉴스에서 나온 정보일 뿐인데 누워 있는 그들의 모습이 액자 속에 담겨서 내 마음속에 걸려 있다. 그것은 시간을 거슬러 올라가서 움직이기도 했다.

그들은 500엔짜리 동전 한 개를 꼭 쥐고 걷고 있다.

편의점 자동문이 열린다.

가게 안은 난방이 돼서 따뜻하다.

잡지 진열대 따위는 거들떠보지도 않고 천천히 도시락 코너로 향한다. 어묵 코너를 흘끗 들여다보지만 발은 멈추지 않았다.

두 사람의 힘없는 눈빛이 도시락이며 삼각김밥이며 샐러드며 야키소바 위를 왔다 갔다 한다.

이제 집에 돈이 없다. 당분간 먹을 수 없을지도 모른다.

무엇이 먹고 싶은가. 무엇을 살 수 있는가.

체온으로 미지근해진 단돈 500엔.

"히나코, 뭐 해, 멍하게."

기요코의 목소리에 히나코는 정신을 차리고,

"갑자기 졸음이 밀려와서."

하고 말했더니 신기하게 하품이 크게 나왔다.

바다 냄새가 난다. 관광버스를 타고 달려온 리우 시내의 항구 레스토랑은 일본인뿐이었다. 히나코네 이외에도 같은 여행사의 다른 상품 단체 손님이 모여 있었다. 긴 테이블에 투어별로 나뉘어 앉아서 같은 저녁 식사를 앞에 했다.

이 광경, 본 적 있다.

히나코는 그것이 고등학교 수학여행 밤이란 것을 떠올리고 쓴웃음을 지었다. 투어 손님 대부분은 중년, 혹은 노인인데. 출입구 가까운 자리에서 인솔자인 오노다가 합류한 동료 인솔자들과 식사하는 것이 보였다. 지금은 인솔 선생님인가.

메인 요리로 1인당 한 마리씩 거대한 랍스터가 나왔다. 반으로 잘라서 오븐에 굽고, 토마토 맛 필래프를 곁들였다. 먹어도 먹어도 좀처럼 줄지 않았지만, 맞은편에 앉은 기요코의 접시를 들여다보니 거의 다 먹어치웠다.

"와, 이모, 잘 먹네."

"그럼, 체력을 챙겨야지. 히나코, 뭐야, 전혀 줄지 않왔네."

"맛에 좀 질리네."

감기 기운 탓에 히나코는 식욕이 없었지만, 기요코에
게는 말하지 않기로 했다. 비싼 여행비를 내주었다. 컨
디션이 좋지 않다고 말하는 것은 너무 이기적이다.

"어머나, 그럼 오노다 씨가 조그만 간장병 갖고 있던
데 그거 좀 얻어서 뿌려볼래? 내가 얻어다 줄까?"

히나코의 대답도 기다리지 않고 기요코는 유유히 오
노다네 자리로 걸어갔다.

바느질이 잘된 옷은 뒤에서 봐도 예쁘구나. 이모지만
뒷모습에 반했다. 진분홍 재킷 같은 건 자칫 잘못 입으
면 코미디 프로의 사회자 같다. 그런데 저 사람이 입으
면 어째서 저렇게 우아할까? 기요코가 가게 안을 가로
지를 때, 남자 종업원들이 가볍게 머리를 숙였다. 기요
코는 시중을 받는 데 익숙했다. 으스대지 않아서 밉상스
럽지도 않다.

"참 예쁘시네, 댁의 이모님."

옆에 앉은 여자가 히나코에게 말을 걸었다. 예순 조
금 넘었을까. 부부가 투어에 참가했는데 둘 다 사교적
이었다.

"네, 좀 야단스럽긴 하지만."

가족이어서 히나코는 겸손하게 웃었다.

"둘이서 여행 자주 다녀요?"

여자는 작은 키에 통통하다. 해외여행은 처음입니다, 하고 히나코는 대답했다. 몇 년 전에 기요코와 둘이서 가나자와에 간 적이 있다. 그 얘기를 하자 여자의 목소리가 통통 튀었다.

"어머나, 가나자와! 나도 전에 우리 남편하고 갔었는데. 이름이 뭐더라, 지붕 있는 큰 시장 있죠, 어……."

"오미초 시장요?"

"맞아요! 생선이 신선해요, 그죠. 스시인가 뭔가 먹었는데. 아? 해산물덮밥이었나. 가나자와 성도 예뻤고."

남편이 바로 말을 끼어들었다.

"가나자와에 성이 어디 있어."

"없어?"

"가나자와는 성이 아니라 겐로쿠엔. 정원이야, 정원. 마쓰모토 성하고 착각한 거 아냐?"

남편이 웃자, 아내도 "아, 그런가" 하고 웃음을 터트렸다.

풍족한 사람들일 것이다. 노후도 아무런 걱정 없겠지.

히나코는 있을 리 없는 손바닥의 500엔짜리 동전을 꼭 쥐었다.

"실례지만, 부모님은?"

더 깊이 들어오는 질문에 당황하는 히나코의 얼굴을 보고, 아, 미안해요, 실례했어요, 하고 아내는 사과하고 옆에 앉은 남편도 미안합니다, 하고 머리를 숙였다.

"어머나, 기무라 씨 재미있어 보이네. 무슨 얘기들?"

자리에 돌아온 기요코가 작은 간장병을 히나코 앞에 놓았다. 부부는 기무라라고 하는 것 같았다.

"아뇨, 여기 아가씨, 사람이 참해서요. 그래서 이것저것 물어보고 싶어서."

히나코는 참하다는 말에 기분이 좋아져서,

"아무거나 물어보셔요. 부모님은 건재하세요. 이번에는 이모 무수리로 온 거예요."

장난스럽게 말했다.

"무수리가 아니라 감시 역."

기요코가 리드미컬하게 뒤를 이어서 부부는 아하, 혹은 오호 하고 웃었다.

기무라의 아내가 히나코에게 참하다고 한 것은 낮에 "괜찮으시면 사진 찍어드릴까요?" 하고 히나코가 몇 번이나 먼저 말을 걸어서 카메라 셔터를 눌러준 때문이기도 할 것이다.

"하여간 딸들은 참 좋아요, 아까도 얘기했지만, 그죠, 여보."

남편은 랍스터가 가득한 입으로 맞아, 맞아, 라고 했다.

"아유, 다 흘리고 그래."

냅킨으로 바지를 닦아주면서도 아내는 생글생글 웃으며 이야기를 계속했다.

"우리는 아들뿐이어서 가자고 해도 절대 따라오지 않아요."

"아드님이 계시군요."

히나코는 너무 관심을 보였나 하고 부끄러워졌다.

"네, 두 명. 올해 서른둘과 서른넷이 되는데 둘 다 어찌나 태평스러운지. 며느리라도 있으면 같이 여행도 가고 즐거울 것 같은데 말이죠. 그죠, 여보, 그런 얘기 했죠."

엄마가 이 자리에 있었더라면 우리 딸도 아직 독신이에요, 하고 몸을 내밀었을 것이다. 히나코는 테이블 앞으로 몸을 내밀고 있는 엄마의 모습이 상상됐다.

기요코가 종업원을 불러서 화이트와인을 한 잔 더 주문했다. 음료 계산은 각자였다.

"히나코, 너도 더 마실래?"

기요코가 물어서,

"아니, 괜찮아. 고마워."

히나코는 조신하게 대답했다.

약간 흐린 아침이었다. 금방이라도 빗방울이 떨어질 것 같다.

이틀째인 관광버스 안에도 묵직한 공기가 흘렀다. 밤에는 이 여행의 메인 이벤트인 리우 카니발이 기다리고 있다. 부디 잘 버텨야 할 텐데. 날이 갰으면 좋겠다. 승객들 마음을 알아차린 인솔자 오노다 씨가 마이크를 들고 명랑한 목소리로 인사를 했다.

"네, 여러분, 안녕하세요! 어떠세요, 푹 주무셨어요? 어제 저녁 랍스터, 엄청 컸죠. 다 드셨어요? 오늘 일기예보에는 흐리다고 했는데 어떨지 모르겠네요. 저쪽 하늘이 밝아지는 것 같기도 한데요. 오늘 하루 잘 버텨주셨으면 좋겠습니다. 자, 그럼 오늘은 지금부터 세계문화유산인 코르코바도 언덕을 관광하겠습니다."

결국 본격적으로 감기에 걸린 것 같다. 통로를 끼고 반대편에는 오늘도 기요코가 앉아 있다. 앞머리를 쓸어 올리는 척하고 히나코는 넌지시 이마에 손바닥을 대보았다. 뜨겁다. 체온계가 없어서 확실히는 모르겠지만, 38도 가까이 되지 않을까.

오한이 든다. 고맙게도 차내 냉방은 약했다. 코르코바도 관광만 끝나면 오후에는 일단 호텔로 돌아갈 예정이었다. 밤의 카니발 때까지 잠시 잘 수 있다. 체력 보존을 위해 버스에서는 자는 척하고 있기로 했다.

투어에는 부모와 함께 온 중학생 여자아이도 있었다. 여행에 익숙해 보이는 가족이었다. 무언가를 보거나 먹을 때마다 "여기 좀 방콕 같지 않아?" "이거 스페인에서 먹은 과자랑 비슷해" 하는 얘기를 나누었다. 부모는 작게 말하지만 아이의 목소리는 의도적으로 큰 것 같았다. 히나코는 그걸 얄밉게 생각하다가, 아냐, 나도 마찬가지야, 하고 눈을 감았다.

이 열다섯 명의 팀원 중에서 추가 요금을 내고 비즈니스석을 이용하는 사람은 히나코와 이모 외에 어제 저녁 식사 때 옆에 앉았던 기무라 부부뿐이었다. 히나코는 내심 그것이 자랑스러워 견딜 수 없었다. 환승하는 댈러스 공항에서 처음으로 이코노미석 참가자와 합류했을 때, '자리가 넓어서 푹 잔 것'을 크게 기지개를 켜서 알리려고 했다.

그랬다. 기무라 부부도 비즈니스석이었지 않나.

히나코는 어젯밤 그들의 얘기를 새삼스럽게 정리해보았다.

기무라 부부는 전쟁 전부터 계속해온 화과자점을 운영한다고 했다. 도쿄뿐만 아니라 나고야나 오사카의 백화점에도 지점이 있어서 어렴풋하게나마 히나코도 그이름을 알 것 같았다. 아들이 두 명. 장남이 사장이고 차남이 전무지만, 아직 미덥지 않아서 회장인 기무라가 돕고 있다며 웃었다.

또 뭐라 그랬더라.

히나코는 열로 멍한 머리를 필사적으로 돌렸다.

아, 그렇지. 작년에 집을 새로 단장하며 지붕에 태양광 패널을 달았다고도 했다. 그런 건 작은 집에는 굳이달지 않을 것이다. 정원 소나무 관리가 어쩌고저쩌고라고도 했고.

그럭저럭 규모 있는 화과자점 아들들. 그 부모님이 마음에 들어 한 나.

히나코는 게슴츠레 눈을 뜨고 넌지시 기무라 부부의 모습을 찾았다. 세 칸 앞에 두 사람의 머리가 보였다. 앞으로 버스에 탈 때 되도록 그들 가까이에 앉자. 인생에는 전략도 필요하다. 히나코의 머릿속에는 힘이 넘쳤다.

코르코바도 언덕까지는 토롯코 열차를 타고 올라간다.

관광버스에서 내린 일행은 인솔자 뒤를 따라 승강장으로 가서 작고 빨간 열차를 탔다.

"어, 이거 스위스에서 탄 거랑 비슷해."

여행에 익숙한 가족의 딸 목소리가 들렸다.

뭐라니, 하코네 등산전철 닮았구만. 히나코가 짜증이 나려고 할 때, 갑자기 밝은 음악이 흘렀다. 노란색 티셔츠를 입은 음악대가 관광객으로 흥청거리는 차 안을 돌았다.

"와아, 멋지다, 멋져!"

기요코가 팔을 흔들며 리듬을 탔다. 히나코도 옆에서 장단을 맞추었다. 기요코가 팁을 주자 그들은 멈춰 서서 더 평온한 목소리로 노래를 불렀다.

토롯코 열차가 산 정상에 가까워졌다. 창 밖에 안개가

자욱했다.

"이런 날씨에 보일까요, 예수상."

히나코는 기요코가 아니라 맞은편 자리에 앉은 기무라 부부에게 말을 걸었다.

"그러게요, 좀 걱정이네. 40미터 정도 된다죠? 얼굴 쪽은 안개가 꼈을지도 모르겠네."

아내가 대답했다.

"아드님들 선물 사셨어요?"

히나코는 넌지시 화제를 던져보았다.

"아직 아무것도. 어제 호텔 근처 슈퍼인가. 거기 가서 초콜릿은 샀지만."

"아, 저도 샀어요. 친구들 선물로 초콜릿."

"어머나, 남자친구한테는?"

하고 묻길래,

"있으면 좋을 텐데, 아직 없어서요."

기회라는 듯이 상냥하게 웃었다.

토롯코 열차에서 내려서 긴 에스컬레이터를 타고 산 정상에 도착했지만, 아니나 다를까 어제 맞은편 팡데아수카르 바위산에서 보인 예수상은 발치밖에 보이지 않았다. 얼굴도 활짝 펴고 있는 양팔도 안개 속이다. 그래도 많은 관광객이 카메라를 들고 안개가 걷히기를 기다렸다.

인생에서 열심히 노력해야 할 때라면 내 경우 이 여행 동안이지 않을까.

노포 화과자점 아들들. 결혼한다면 형이 좋을까, 동생이 좋을까. 형제 둘 다 조금 연하였지만, 성격이 태평스럽다고 기무라 부부는 말했다. 히나코는 연상인 자기가 딱이라고 생각했다.

호흡이 얕다. 열이 오르고 있다. 히나코의 머릿속에 자산가였던 자매가 터벅터벅 걷는 뒷모습이 떠오른다. 그들을 추월해서 돌아보니 그것은 자신과 언니인 야요이였다.

믿고 있는 기요코 이모의 유산. 할당받은 금액으로 평생은 먹고살 수 없다. 파견 일은 이제 잘 들어오지 않는다. 정규직은 엄두도 못 낸다. 언니가 이혼 위자료로 받은 맨션에서 이불을 덮고 몸을 녹이고 있는 늙은 나. 우리 자매.

갑자기 와아 하고 환성이 터졌다.

"히나코, 저것 봐! 뭘 선 채로 자고 있는 거야."

기요코가 어깨를 흔들어서 올려다보았다.

안개 속에서 모습을 드러낸 예수상이 히나코를 물끄러미 내려다보고 있었다.

❧

오전에 한 군데, 청소 방문을 마치고 집에서 점심을 막 먹고 나왔다. 야요이는 자전거를 타고 겨울 기운이 남은 산책로를 달렸다.

오늘은 무슨 주문을 할까. 성가신 게 아니라면 좋을 텐데.

오후 일정은 다세대주택에 혼자 사는 아베라는 노인의 집이었다. 젊을 때 토목 일로 허리를 다쳐서 지금은 생활보호를 받고 있다.

방문하자, 오늘 메뉴를 말한다. 요리책에서 "이것"이라고 아베가 가리킨 것을 야요이는 만들어야 했다.

주문하는 음식은 튀김류가 많았다. 돈가스, 크로켓, 멘치가스. 정육점에서 빵가루 묻힌 것을 사 와서 집에서 튀긴다. 미리 튀겨놓은 것을 먹는 걸 싫어하는 이용자도 있어 야요이는 확인부터 먼저 한다. 같은 튀김이어도 치킨난반(튀긴 닭고기를 간장, 식초, 미림 혼합소스에 적셔서 타르타

르소스를 뿌려 먹는 음식—옮긴이)이나 연근고기튀김 등은 처음부터 만들어야 해서 손이 많이 간다. 만들어본 적 없는 것을 부탁받으면 시간 안에 다 못할까 봐 초조했다.

전에 아베가 요리책을 펼쳐놓고 러시아 전통 수프인 보르시를 가리키며 "이거 만들어봐"라고 했을 때, 야요이는 머리를 감쌌다. 동네 작은 슈퍼에 주재료인 비트가 있을 리도 없다. 스마트폰으로 검색하니 토마토로 대용할 수 있다고 해서 만들어보니 다행히 맛있게 됐다.

아베에게는 불평을 들었다. 꽤 강하게. "시어" 하고 나무랐지만, 원래 그런 수프다. 사워크림이 들어갔으니.

사워크림!

10개들이 달걀 두 팩은 살 수 있는 가격이었는데.

매번 아베가 주는 2000엔에는 저녁뿐만 아니라 다음 날 아침용 빵과 우유, 상표 지정한 요구르트값도 포함되어 있다.

아베는 사무실에까지 전화해서 보르시 불만을 얘기한 것 같다. 그러나 이 건으로 야요이는 소장에게 위로의 말을 들었다. 주말 출근 '가능'한 요양보호사가 귀하기 때문이다.

자전거가 가볍다. 타이어에 막 공기를 넣었다.

산책로 양옆에는 단독주택이 나란히 있었다. 요양보호사로서 남의 집에 가게 된 뒤로 야요이는 어떤 사실을 확신했다.

집 주위가 지저분한 집은 집 안도 지저분하다.

개와 산책하는 사람들을 추월하면서 또는 스쳐 지나가면서 페달을 밟았다.

산책로 끝에 아베가 사는 다세대주택이 있었다. 노크를 하고 "안녕하세요" 하면서 비상열쇠로 열고 들어갔다. 다다미방 두 개와 작은 부엌. 밖에서 보기보다 해는 잘 든다. 아베는 침대에 누워서 언제나처럼 텔레비전을 보고 있었다.

오전 중에는 청소를 담당하는 다른 요양보호사가 와서 집은 깨끗했다.

"아베 씨, 몸은 어떠세요?"

베갯머리까지 가서 밝게 말을 걸었다. 안색을 보는 것도 업무다.

피부 윤기도 좋다. 오히려 내 쪽이 건조하다. 야요이는 자기 뺨을 두 손으로 감쌌다.

"맨날 똑같지."

아베는 귀찮은 듯이 말했다. 머리카락이 거의 없고 까

만 피부에 체격이 크다. 잘린 고목 같다.

침대 옆 왜건에는 손톱깎이부터 후리가케(밥에 뿌려 먹는 가루―옮긴이)까지 생활필수품이 자잘하게 들어 있다.

이 집에 다닌 지 3개월. 자력으로 화장실에 갈 수 있지만, 아베가 걷는 모습을 아직 본 적이 없다.

아베는 왜건 위의 요리책을 끌어당기더니 텔레비전에 시선을 고정한 채 말했다.

"오늘은 이거. 새우는 세 마리."

펼쳐진 페이지에는 빛이 날 듯한 새우튀김 사진이 있었다.

탈리스커.

바텐더가 권해서 마신 위스키.

상쾌한 울림이다. 스피드감이 있다. 야요이는 바를 나온 뒤, 바로 스마트폰에 '탈리스커'라고 메모했지만, 하루 지나고도 잊지 않고 기억하고 있다.

이제 바도 무섭지 않다. 물론 어젯밤 그 가게에 한해서이긴 하지만.

야요이는 저녁 무렵의 혼잡한 야마노테선에서 흔들리고 있다.

손잡이를 잡고 있는 손이 텄다. 아베의 집을 나온 뒤, 한 집 더 가서 청소와 빨래를 하고 왔다. 꼼꼼하게 핸드크림을 발라도 촉촉함이 남을 새가 없다.

신주쿠의 화방에 가느라 전철을 탔다.

히나코가 돌아올 때까지 일주일 동안 매일 무언가 새로운 것 하기. 야요이는 이 미션에 의욕이 넘치고 있다.

오늘은 도예다.

집에 있는 토스터로 굽는 간단한 것이다. 화방에서 전용 점토를 판다.

회사에 다니던 시절, 야요이는 문화센터에서 1일 강좌로 도예를 배운 적이 있다. 만든 그릇은 강사에게 칭찬을 들었다.

나이를 먹으면 본격적으로 도예를 시작해봐야지.

그 시절의 야요이에게 그것은 결혼하고 육아를 마치고 연금을 받기 시작하면, 이라는 의미에서 '나이를 먹으면'이었다.

그러고 보니 부모님은 나이를 먹고, 뭔가 시작한 게 있나?

아버지는 소소하게 골프를 계속하고 있다.

엄마는?

학생 시절 친구들과 맛집을 찾아다니는 것 같지만, 달리 어딘가에 가는 것 같지는 않다.

내일은 오전에 일을 마친다. 오랜만에 친정에 얼굴을 내밀어볼까. 브라질에 있는 히나코 생각에 안달복달하고 있을 엄마의 옆얼굴이 떠올랐다.

의외다.

의외의 전개다.

야요이는 맞은편에 앉은 아이다에 관해 거의 아무것도 모른다는 사실을 깨달았다.

보기에는 고급스러운 회색 스리피스 슈트를 입고 적당한 체격에 무테 안경을 낀 남자다. 예순이 조금 넘었을까.

신주쿠 화방을 나왔을 때, 아이다가 스쳐 지나갔다. 인파 속을 누비듯이 쫓아가서 망설이고 망설인 끝에 야요이가 말을 걸자,

"어어……."

아이다는 미간을 모았다.

잊히는 데는 익숙했다. 그런 얼굴이다. 그런데 누구 닮았다는 말을 자주 듣는다. 누구라고 해도 옛날에 아르

바이트할 때 만난 사람이거나 고등학교 때 친구이거나 하지만.

아이다는 기요코의 집에 드나들던 세무사였다.

기요코의 남편이 죽었을 때 너무 헌신적으로 기요코를 돌봐주는 모습을 보고 야요이의 엄마는 마뜩잖은 얼굴을 했다.

기요코와 아이다의 관계에 관해 히나코와 얘기한 적도 있다.

"근데 그 사람 머리카락, 좀 이상해. 소프트비닐 인형처럼 번쩍거려. 절대로 이모 취향 아닐 거야."

히나코가 단언해서 야요이는 폭소를 터트렸다.

그 남자와 둘이 신주쿠의 명곡 찻집에서 커피를 마시고 있다.

지하가 금연석입니다, 하며 아이다가 앞장서서 따라내려가니 홀 같은 공간이 펼쳐졌다.

천장에는 클래식한 샹들리에가 달려 있다. 낡은 연지색 소파 천이 벨루어여서 야요이는 동생의 피아노에 덮인 천을 떠올렸다.

커피를 기다리는 동안, 자연스럽게 브라질이 화제가 되었다. 화폐단위는 레알이지만 현지에서는 헤알이라고 발음한다고 아이다가 말했다. 야요이는 아이다의 손톱이 깔끔하게 정돈된 것을 보고 손거스러미가 인 자신의 손가락 끝을 오므렸다.

커피가 나왔다.

"그래서 저한테 상담하고 싶은 건 뭔가요?"

아이다는 커피를 한 모금 마시고 야요이의 얼굴을 똑바로 보았다.

가게에는 스포츠신문을 읽는 샐러리맨이나 영화 팸플릿을 펼쳐놓고 있는 젊은 커플의 모습이 있었다. 남녀 노인 그룹의 발밑에는 이젤과 스케치북이 놓여 있다.

"아, 아뇨, 대단한 건 아닌데……, 전문가에게 이런 식으로 여쭈는 건 좀 그렇습니다만."

야요이는 그렇게 전제하고,

"제가 죽으면 지금 사는 맨션은 누구의 것이 될까요? 아, 이혼해서 명의는 제 것으로 되어 있습니다."

동정 받지 않도록 사무적으로 말했다.

"그렇군요."

아이다는 조그맣게 헛기침을 한 뒤, "부모님입니다"라고 했다. 야요이는 황급히 양손을 저었다. "아뇨, 지금 시점에서란 뜻이 아니라 더 나중이랄까, 부모님도 이모도 그리고 동생도 죽은 뒤에 말입니다."

아, 실례했습니다, 하고 아이다는 말하더니,

"동생분한테 자녀가 있다면 그쪽이 됩니다. 당신의 조카들이죠."

하고 대답했다.

"만약 동생한테도 자식이 없다면 어떻게 될까요?"

"6촌 이내 혈족, 3촌 이내 인척까지 상속인을 찾게 되겠죠."

"네? 무슨 뜻인지요. 예를 들면?"

"사촌의 자식과 손자도 들어갑니다."

사촌의 손자라니 완전히 남이지 않은가?

야요이도 히나코도 사촌과의 교류는 없는 거나 다름 없었다. 나이 차도 나는 데다 모두 남자뿐이어서 같이 논 기억도 없다. 길에서 만나도 못 알아볼지 모른다.

"사촌의 손자요……. 너무 멀어서 이해가 가지 않네요."

야요이는 한숨 쉬듯 웃고, "그렇죠" 하고 아이다도 하얀 이를 보였다.

사실은 이런 걸 묻고 싶었던 게 아니다. 이것은 단순한 도입으로 중요한 것은 지금부터다.

야요이는 가볍게 자세를 바로하고,

"그럼 만약에 기요코 이모가 세상을 떠난 경우는 어떻게 될까요?"

일부러 아무렇지 않은 어조로 말했다.

"언제 시점으로요?"

아이다도 능청을 떨었다.

야요이가 우물거리자,

"지금 시점이라면 법률상으로는 언니, 즉 당신의 어머니가 전부 상속받습니다. 다만,"

유언장이 있는 경우는 다릅니다, 하고 아이다는 덧붙였다. 그 유언장이 존재하는지 어떤지 알고 싶었다.

"기요코 이모는 썼어요? 그."

야요이는 한 박자 쉬었다가,

"유언장"

이라고 또렷하게 말해보았다.

무겁다. 말에 묵직한 질량이 있다.

"그건 제 입으로 말할 수 없습니다."

아이다는 굳이 웃는 얼굴은 하지 않고 조용히 말했다.

"유언장은 세무사님한테 드리는 건가요?"

야요이는 굴하지 않고 물었다.

"상담은 가능합니다."

아이다가 손목시계를 흘끗 보았다. 여기까지라는 신호일 것이다.

"죄송합니다, 바쁘신데."

야요이가 전표를 끌어당기는 것을 보고 아이다는 "잘 마셨습니다"라고 했다. 아이다의 머리는 역시 소프트비닐 인형처럼 인공적이라고 야요이는 생각했다.

계절이 바뀔 무렵의 바람은 슬프다. 야요이는 걸어가면서 그 바람을 크게 들이마셨다. 감정을 담으면 울음이 터질 것 같다.

친정에 가는 것은 설날 이후 처음이다.

역 개찰구를 나오면 작은 상점가가 있다. 버스가 올 때까지 20분 남았다. 뭐 좀 사 갈까 하고, 야요이는 빵집을 들여다보았다. 그러나 조각 케이크 3개 가격이 요양보호사 한 시간 시급이라고 생각하니 너무 아까웠다. 결국 슈퍼에서 딸기를 한 팩 샀다.

버스는 한산했다. 움직이기 시작하고도 야요이는 별생각이 없었다. 그러나 해 지는 창밖을 멍하니 바라보고 있자니 통학이나 통근으로 이 버스를 타던 기억이 떠올라, 차내가 갑자기 쓸쓸해 보였다. 그 시절에는 대부분 손잡이를 잡고 흔들렸다.

길가에는 드문드문 빈집도 있다. 그리고 보니 상점가에도 활기가 없다. 서점도 망한 것 같고.

목재상 모퉁이를 돌자 중학교 때 같은 반 친구 집이 보였다. 불이 켜져 있다. 딱 한 번 그 집에 간 적이 있다. 2층 복도에서 "여기 오빠 방이야" 하는데 야요이는 부끄러워서 고개를 숙였다.

집에 가니 엄마의 상태가 이상했다.

야요이는 방어할 준비를 했다.

무슨 소리를 하는지 알 수 없다. 말투가 강해지지 않도록 일단 녹차를 마셨다. 괜찮다. 일단 엄마가 끓여준 녹차는.

근데 르코루비는 뭐지, 대체 뭐야?

"어머, 르코루비가 아니라 르코르뷔지에(스위스 출신의 프랑스 건축가—옮긴이). 르는 끊어 읽어야 돼."

식탁을 사이에 두고 앉은 요시에는 발랄했다.

"그러니까 뭐냐고, 그게."

"저런, 모르니? 넌 알지 않을까 했는데. 건축가 르코르뷔지에."

대화는 성립했다. 그러나 엄마는 뭔가 평소와 다르다. 그렇게 생각해서인지 요염하다.

"몰라, 건축가 이름 따위. 그래서 그 사람이 뭐 어쨌다고? 어딘가에서 만났어?"

야요이가 말하자,

"만난 게 아냐. 한참 전에 세상을 떠났으니까, 르코르뷔지에는."

요시에는 손으로 입을 가리며 웃었다.

얘기를 듣자 하니 1층 주방을 리모델링한다고 한다. 요시에의 뜻으로 정한 것 같다. 이제 와서 그냥 쓰면 되지, 라고 하는 아버지에게 상당히 세게 나간 것 같다. 아버지는 저녁을 먹고 2층에 올라가서 벌써 자고 있다. 깼을지도 모르지만, 내려오지 않았다.

"선생님 말로는 말이야, 르코르뷔지에처럼 심플한 디자인도 좋지 않을까 하더라고."

선생님이란 요시에의 동창생이 소개해준 건축가로 옆 동네에 사는 것 같다. 사무실은 시내에 있지만, 출근 전에 시간이 있다고 해서 낮에 역 근처 패밀리 레스토랑에서 처음 만나고 왔다고 한다.

"근데 왜 그렇게 갑자기 결정한 거야?"

야요이는 의심스러웠다.

오래된 집인 건 확실하다.

간단한 보수 공사를 한 지 15년 정도 지났다.

어쩌면 리모델링을 미끼로 장녀인 내가 돌아와주길 바라는 걸까. 야요이는 아까 타고 온 버스의 쓸쓸함을 생각했다.

"나무가 말이야."

요시에의 어조가 갑자기 시무룩해졌다.

"나무?"

"옆집 나무. 왜 주방 창으로 보였잖아."

찻잔을 양손으로 감싸고 요시에는 안을 들여다보듯이 고개를 숙였다.

"나무? 그런 게 있었어?"

"있었어."

"아, 그래서?"

야요이는 심문하는 것처럼 들리지 않도록 입꼬리를 올리고 엄마의 얼굴을 보았다. 눈은 웃지 않았다.

"야요이, 너 그 나무 이름 알았니?"

뭐야, 아까부터 퀴즈인가.

"몰라. 있었던 것도 기억나지 않는데."

"물푸레나무. 어제 잘려서 없어졌어. 가지치기하는 게 힘들었대."

요시에는 얼굴을 들고 의연하게 말했다.

"근데 그걸 보니 개운해져서 말이야. 리모델링하기로 했어."

옆집 나무가 잘리는 걸 보고 리모델링을 결심한 엄마. 속을 헤아리기 어렵다.

"그렇지만 돈은 돼?"

걱정하듯이 야요이가 말하자,

"나도 돈 있어."

요시에는 새침한 얼굴로 대답했다.

4

개시를 알리는 불꽃놀이 소리가 났다. 시각은 밤 9시가 조금 지났다.

비가 와도 불꽃은 터지는구나.

히나코는 일본에서 갖고 온 레인코트를 푹 뒤집어쓰고 관중과 같은 방향을 보았다.

신나는 음악이다. 저 멀리서 장식 수레가 움직이기 시작했다.

귀국 후, 리우 카니발 회장을 누군가에게 설명할 때, 히나코는 먼저 이렇게 말하기로 마음먹었다.

"메이지진구 구장 같은 느낌."

게이트에서 표를 보여주고 안으로 들어가면 바로 기념품과 가벼운 음식을 파는 텐트가 있다. 그다음 한 번 더 담당자에게 표를 제시하면 관객석에 당도한다. 보기 쉽도록 좌석은 뒤쪽으로 갈수록 높아진다.

메이지진구 구장과 결정적으로 다른 것은 원형이 아니라 가로로 긴 것이었다. 전체 길이 약 700미터라는 긴 통로로 수천 명 규모의 삼바 팀이 차례대로 지나간다. 그 양옆에 관객석이 설치되어 있다.

히나코네 자리는 앞에서 두 번째 줄이었다. 계단식으로 된 관객석은 칸막이를 하여 한 개의 부스에 여섯 명 정도 앉는다. 상당히 좋은 자리일 거예요, 하고 버스에서 인솔자인 오노다가 말했다.

그 오노다는 여기에 없다. 지금쯤 병원에 있을 터다. 급한 환자가 나와서 기요코와 함께 갔다. 합류한 같은 여행사 투어 인솔자가 있어서 관람에는 아무 문제 없다.

그나저나 기요코 이모 참 민첩하네, 하고 히나코는 아까 일을 돌이켜보았다.

왼쪽 가슴이 아프다고 말한 사람은 언제나 티롤 모자를 쓴 60대 후반의 남자였다. 모자에는 갈색 깃털을 꽂고 다녔다. 히나코는 그에게 '티롤 아저씨'라는 이름을

붙였다. 현지 인솔자 이야기에 매번 진심 어린 리액션을 해주는 모습이 좋아 보였다.

저녁 식사를 하던 일식집에서 티롤 아저씨는 아내에게 어깨를 주물러달라고 했다.

"잠을 잘못 잤나."

눈앞의 튀김과 계란찜에 젓가락도 대지 않고, 더 세게, 꽉 눌러, 하고 아내에게 부탁했다. 왼쪽 어깨부터 왼쪽 팔 전체가 심하게 늘어지는 것 같았다.

24시간에 걸쳐서 비행기를 타고 온 탓일 거예요. 나도 다리 부기가 빠지지 않아요. 같은 테이블 사람들이 저마다 컨디션 불량을 호소하는 가운데,

"혹시 모르니 병원에 가보는 편이 좋아요."

기요코가 날카로운 목소리로 말했다.

인솔자인 오노다는 기요코가 사람들을 웃기려고 하는 말인 줄 알고,

"아유, 마쓰시타 씨도 참!"

하고 놀렸다. 하지만 심근경색 초기 증세와 비슷해요, 나 전직 간호사예요, 하고 기요코가 말하자 순간 파랗게 질렸다.

기요코는 오노다에게 차를 부르도록 시켰다. 티롤 아

저씨와 부인을 따라가는 기요코를 보고 오늘 저녁 카니발은 어떻게 되지, 하고 잠시라도 생각한 것을 히나코는 나중에 부끄러워했다.

조금 쌀쌀하다. 빗발이 세졌다.

히나코는 옆 부스에 있는 기무라 부부를 보았다. 같은 레인코트를 입고 다가오는 퍼레이드를 기다리고 있다.

히나코는 기무라 부부와의 접촉에 최선을 다하고 있다. 식당에서도 관광버스에서도 넌지시 가까이에 앉아서 말을 걸고 그들이 애견가란 걸 안 뒤로는 개 얘기도 자주 했다.

대학 시절 테이크아웃 초밥집에서 판매 아르바이트를 한 얘기도 했다. 손님 대하는 일이 적성에 맞더라고요, 하고 말한 것은 좀 속이 보였을지도 모르겠다.

"일본 가면 한번 놀러 와요"

라는 말은 아직 하지 않았지만, 이제 곧 말할 것 같은 느낌도 든다.

부부 이야기로는 사이클링이 취미인 장남은 야무지고, 차남은 말수가 적지만 자상하며 가족 중에 가장 패션에 관심이 많은 것 같다.

둘 다 꽤 괜찮아요, 하고 기무라의 아내는 말했지만

어떨까. 히나코는 부부 얼굴을 고려하여 과도한 기대는 하지 않는 편이 좋겠다고 생각했다.

히나코의 시선을 느꼈는지 기무라의 아내와 눈이 마주쳤다. 2미터밖에 떨어지지 않았지만, 칸막이와 의자의 방해와 엄청난 크기의 음악 소리 때문에 대화까지는 무리다. 웃는 얼굴로 인사만 했다.

조금 아까 기요코에게 히나코의 스마트폰으로 메시지가 왔다. 고이즈미 씨(티롤 아저씨)는 경도의 심근경색이었지만, 현재 생명에 지장은 없다고 한다. 히나코는 투어 팀 전원에게 의기양양하게 전했다.

히나코는 안도했다. 티롤 아저씨에게도 자기 자신에게도. 여전히 이마는 뜨거웠지만, 어쨌든 이 자리에 왔다. 감기로 카니발을 보지 못했다고 하면 엄마한테나 언니한테 "쌤통이네" 소리를 들을 게 뻔하다.

히나코는 리우 카니발이 승패를 다투는 경연이라는 것을 브라질에 올 때까지 몰랐다. 댄스나 음악, 의상, 테마, 공연 시간까지 심사 대상으로 우승팀에는 5억 엔 가까운 상금이 주어진다고 한다. 그 우승팀을 포함하여 상위 여섯 팀의 챔피언 퍼레이드를 감상하는 것이 히나코네의 투어였다.

"본경연에 비하면 댄서들도 상당히 릴렉스하고 있을 거예요."

낮에 오노다가 말했을 때,

"기왕이면 본경연을 보고 싶었는데."

기요코가 귓가에 속삭여서 히나코도 그렇게 생각했지만, 공짜로 따라온 처지에 동의하기도 그래서 웃음으로 얼버무렸다.

경기장은 전 세계에서 방문한 관광객으로 가득 찼다. 맥주를 마시고 연인들은 서로 껴안고 삼바에 맞춰서 춤을 추는 사람들도 있다.

그러나 모두 어딘가에 일말의 쓸쓸함을 느끼는 듯이 보였다. 아무리 밝게 춤을 춰도 보는 사람들은 어디까지나 외지인이었다.

유난히 눈을 끄는 파시스타라고 부르는 솔로 무용수가 있다. 화려한 깃털 장식을 달고 거의 알몸에 가까운 의상을 입은 그들이 격렬하게 몸을 흔들 때마다 관객은 몸을 앞으로 내밀고 카메라를 들이밀었다.

일 년에 한 번이어도 좋겠다.

이토록 주목받고 뜨겁고 뜨겁게 빛날 수 있는 밤을 갖고 싶다. 이런 밤이 있다면 나머지 364일 아무것도 없어도 좋다.

평균대를 걷는 듯한 불안정한 생활도 그 앞에 있는 어두컴컴한 미래도. 모든 것이 어떻게 되든 상관없는 밤을 히나코는 갖고 싶었다.

황록색의 큰 깃털 장식을 멘 파시스타가 다가왔다. 오일을 바른 매끄러운 갈색 피부는 조명을 받아서 반짝반짝 빛났다. 뒤에는 황금 칼을 손에 든 기사들을 이끌고 있다.

사람의 허리가 저렇게 빠르게 움직이는구나.

댄서들의 격렬한 춤에 감탄하면서 히나코의 머리에는 한 장의 낡은 사진이 떠올랐다.

열 때문일까, 아니면 반전된 위도緯度의 영향일까. 브라질에 온 뒤로 히나코는 옛날 생각이 많이 났다.

그날은 가족 모두 입원한 친척에게 문병을 갔다.

"왜 그래? 기요코 이모야."

아버지가 등을 밀어도 어린 히나코가 고집스럽게 다가가지 않았던 에피소드는 두고두고 가족들의 우스갯

거리가 되었다. 마지막에는 끝내 울어버렸는지 사진 속의 히나코는 거의 울상이었다.

강가에 있는 큰 병원이었다. 기요코가 결혼하기 전에 근무한 곳이라고 들었다.

병원 안뜰이었나, 바깥의 공원이었나. 흰 가운을 입은 기요코에게 빛이 비치는데,

"히나코, 이리 오렴."

하고 손짓해도 쉽게 다가가지 못할 만큼 예뻤다.

외국 그림책에 나오는 여신 같다고 히나코는 생각했다. 연못에서 올라와서 금도끼가 네 도끼냐, 은도끼가 네 도끼냐 하고 물을 것 같은 여신. 착한 일을 하면 상을 준다. 거짓말은 절대로 용서하지 않는다.

히나코가 간호사가 되고 싶다고 생각한 적은 한 번도 없다. 누군가의 생명을 위해 일하고 싶다는 생각은 하지 못했다. 주어진 업무를 착실하게 하고 직장 사람들에게 도움이 되고 가능하면 내가 의지가 되어주고 그 보수로 돈을 받길 원했다. 히나코에게 일이란 그런 것이었다. 그런 자신이 이기적인 것 같아서 양심의 가책이 들기도 했다.

그렇긴 하지만 야요이가 요양보호사를 시작한 것은

수상쩍다. 옛날부터 요양보호사 일에 관심이 있었다는 야요이의 말은 믿을 수 없다. 그저 일자리를 구하지 못해 마지못해 하는 게 아닐까.

가족과 같이 쓰는 게 싫다고 세뱃돈으로 자기 전용 욕실 의자를 산 언니다. 남의 집 욕실 청소를 정말로 할 수 있으려나.

둘이 살기 시작하면서 히나코는 깨끗한 걸 좋아하는 야요이가 점점 거슬렸다. 지저분하게 하면 잔소리를 해서 주방에 설 마음도 들지 않았다.

적지만 월세도 내고 있으니 빈대 붙어서 사는 것도 아니다. 당당해도 된다. 그렇게 생각했지만, 광열비나 수도요금은 됐다고 해서 히나코는 언니의 방식에 마지못해 따르고 있다.

야요이가 자기 마음대로 물건을 버리는 것도 속상했다. 보습크림 견본품도 아직 덜 읽은 잡지도 어느새 처분해버리고 없다.

초등학생 때도 그랬다. 히나코는 그 기억을 떠올리며 입을 실룩거렸다. 방과 후면 야요이가 교실까지 와서 히나코의 책상 속을 말도 없이 정리하고 갔다.

친구가 나눠준 지우개도 버렸다. 푸딩 냄새 나는 것이

었는데. 냄새 맡는 걸 즐겼는데.

"히나코 책상, 오늘도 지저분해서 치워주고 왔어."

집에 돌아오면 엄마한테 보고하여 칭찬까지 들었다.

그런 언니는 남편도 획 버렸다.

히나코는 야요이의 헤어진 남편이 결혼 인사 하러 온 날을 또렷이 기억한다. 편의점에서 산 듯한 캔 쿠키를 들고 왔다. 방석을 질질 밟고 앉는 사람이었다. 식사 때 왼손을 식탁 위로 내놓지도 않고.

2년이나 교제했으면서 까다로운 언니가 어째서 그런 걸 못 본 척하는 걸까. 히나코는 바지런하게 식사 시중을 드는 야요이를 보고 깨달았다.

이 결혼을 놓치고 싶지 않구나.

필사적임이 전해져서 그날 밤에는 꽤 괜찮은 동생을 연기했다. 전부 헛수고로 끝났지만.

비가 그치자 경기장은 단숨에 열대의 짙은 초록 냄새에 감싸였다. 구름 사이로 달도 보였다.

곧 날짜가 바뀐다. 카니발이 시작된 지 세 시간이 지나고 있다. 삼바 한 팀이 2000명에서 4000명. 총 여섯 팀이 나오니 끝나면 아침이 되기도 한다.

"큰 소리가 괴로우신 분은 휴지로 귀를 막는 것도 방법이랍니다."

사전에 오노다의 조언이 있었지만, 히나코는 오히려 이 큰 음악 소리가 좋았다.

고인 빗물을 손으로 닦아내고 의자에 앉았다. 레인코트 밖으로 나온 앞머리가 축축하게 젖었다.

피곤한지 기무라 부부도 의자에 앉아 있었다. 삼각대를 세워서 퍼레이드 모습을 촬영하고 있다.

히나코는 언젠가 그 영상을 그들의 며느리로서 보는 것을 상상해보았다.

넓은 거실 테이블에는 화과자와 녹차. 아니, 아무리 화과자집이어도 집에서는 양과자를 먹기도 하겠지.

뛰어다니는 아이들에게 주의를 주면서 나는 밝은 목소리로 말한다.

'어머니, 저 열기 생각나네요!'

'아, 저, 이 노래 아직 기억해요.'

'그때는 설마 내가 이 사람과 결혼하리라고는 생각도 못 했어요.'

옆에 앉은 남편의 팔을 가볍게 건드린다. 그것은 화과

자집의 형일까, 동생일까. 만나본 뒤 정하고 싶지만 만날 수 있을까, 한 번에 두 명과.

"예쁘네!"

낯익은 목소리가 들렸다. 히나코는 놀라서 돌아보았다. 기요코였다. 지친 기색도 없이 맥주를 한 손에 들고 웃고 있다.

"이모! 딱 맞게 잘 왔네."

히나코는 벌떡 일어섰다.

"응, 오노다 씨는 아직 병원에 있지만."

고가의 액세서리는 하지 말라고 그렇게 말했는데 기요코의 귀에는 깃털을 모티프로 한 골드 귀걸이가 달려 있다. 그러나 아주 잘 어울린다. 이 장소에.

"이모, 피곤하지 않아?"

히나코의 물음에는 대답하지 않고,

"장난감 상자 같다."

퍼레이드를 보며 기요코는 말했다.

"이 팀의 테마, 아이들 놀이래. 봐, 루빅스 큐브 의상 입은 사람들도 있어."

히나코가 가리키는 쪽을 보고 정말이네, 재미있다, 하고 기요코는 웃었다.

기요코가 돌아온 것을 발견하고 투어 팀원들이 모여들었다.

"마쓰시타 씨! 어서 와요."

서로 손을 잡고 기뻐했다.

"다들 잘 놀고 있었어요?"

기요코가 말했다. 관록 있는 옆얼굴이다.

이건 여신이라기보다 대장인걸.

히나코는 어느샌가 호흡이 훨씬 편해진 걸 느꼈다. 감기는 고비를 넘긴 것 같았다.

"이모는 파시스타네."

새벽에 호텔로 돌아가는 버스에서 히나코는 말했다.

"파시스타?"

옆에 앉은 기요코의 얼굴에도 과연 피곤함이 엿보였다.

"인기 스타란 말이야."

"아, 고마워."

기요코는 미소 짓더니 이내 꾸벅꾸벅 졸기 시작했다. 눈가의 주름은 어제보다 깊었다. 누군가의 생명을 위해 일해온 사람의 얼굴이었다.

차 안에는 냉방이 적당히 나왔다. 조용하다. 자는 사람은 물론 깨어 있는 사람들도. 오랜만의 정적이었다.

흘러가는 시내 풍경을 멍하니 보면서 히나코는 생각했다.

기요코 이모가 여기서 태어났더라면 분명히 파시스타가 됐을 거야.

나는 어디에서 태어나든 나였겠지.

아마 야요이 언니도 그리고 엄마도.

밤새 계속된 카니발.

1, 2, 3, 하고 히나코는 손가락을 꼽으며 세어보았다.

4, 5, 6, 7, 8, 9.

9!

아홉 시간이나 그 경기장에 있었다니.

"마지막에는 관객들도 지친 기미였지만 말이야."

귀국 후, 전문가 같은 얼굴로 야요이에게 얘기하는 자신의 모습이 떠올랐다.

눈부시다.

리우의 도시에 해가 떠올랐다.

"히나코."

자는 줄 알았던 기요코가 실눈을 떴다.

"깼네."

"히나코, 역시 엄마 닮았네. 어릴 때의."

기요코는 그리운 듯이 웃었다.

호텔로 돌아가면 얼른 샤워를 하자. 네다섯 시간은 잘
수 있을 터다. 히나코는 어깨를 빙글빙글 돌렸다. 오후
에는 이구아수 폭포 관광을 하러 카타라타스 공항으로
향할 예정이다.

티롤 아저씨는 어쩌고 있을까.

이구아수 폭포는 함께 볼 수 없겠지. 무리겠지. 그래
도 지금쯤 카니발 꿈이라도 꾸고 있으면 좋겠다고 히나
코는 생각했다.

검은 콘도르가 아침 노을 속을 천천히 날고 있다.

열도 떨어지고 몸이 가볍다. 히나코는 기분 좋은 공복
을 느꼈다. 몸이 남국의 과일을 원한다. 싱싱한 파파야
나 망고를 마구 씹어 먹고 싶었다.

❧

"댁은 누구?"

현관문을 열자 계단 위에서 수염이 텁수룩한 남자가

얼굴을 내밀어 야요이는 "까악" 하고 소리를 질렀다.

자다 일어났는지 머리가 여기저기로 뻗쳐 있다.

"저는 요양보호사입니다만. 누구세요……."

언제라도 도망칠 수 있도록 문을 연 채 야요이는 물었다.

"이 집 아들인데요."

후미가 늘 "고스케, 고스케" 하고 걱정하던 아들이 이 남자인가. 전에 후미가 보여준 성인식 사진의 흔적은 없다.

"아드님 얘기는 후미 씨한테 들었습니다만."

"나를 기억하는구나."

남자는 의외라는 얼굴을 했다. 어젯밤에 돌아왔더니 후미도 "누구세요?" 하고 물었다고 한다. 후미를 보러 와 있던 삼촌까지 처음에는 고개를 갸웃거렸다고 하니 꽤 많이 변한 모양이다.

"실례합니다, 좀 들어가겠습니다."

야요이는 후미가 언제나 있는 1층 거실로 서둘러 갔다.

어제 온 요양보호사가 준비한 아침 식사는 손도 대지 않은 채였다. 옆 침실 문이 꽉 닫혀 있다.

"후미 씨, 구보타예요. 문 좀 열게요."

대답이 없지만, 야요이는 살그머니 문을 열었다.

커튼을 친 방은 어두컴컴했다. 후미는 침대에 누워 있었으나 자고 있지는 않았다. 야요이란 걸 알자 침대에서 가느다란 손을 내밀고 꺼져 들어갈 듯한 소리로 말했다.

"모르는 사람이 있어."

야요이는 괜찮아요, 하고 후미의 손을 잡았다.

"아드님이 돌아왔네요, 그 고스케 씨 말이에요. 한동안 보지 못해서 못 알아보셨구나. 잠깐 커튼 걷을게요."

젖빛 유리 너머로 햇살이 들어왔다. 후미의 양말이 거스러미가 인 다다미 바닥에 새끼 고양이처럼 동그랗게 말려 있다.

"후미 씨, 따듯한 차 드실래요?"

밝은 목소리로 야요이는 말했다. 이불을 걷자 후미는 잠옷으로 갈아입지도 않고 평상복 그대로였다.

이불이 젖어 있다. 화장실에도 가지 못했나 생각하니 안쓰러웠다. 야요이는 괜찮아요, 걱정하지 않아도 돼요, 하고 말하면서 옷을 갈아입혀주고 후미를 식탁에 앉혔다. 서둘러 세탁기를 돌리고 호지차를 우렸다. 남자는 방으로 돌아간 것 같다.

"위층에 모르는 사람이 있다고. 좀 보고 와주지 않겠어?"

후미는 아직 불안한 것 같았다. 평소 같으면 바로 슈퍼에 갔을 텐데, 오늘은 냉장고에 있는 것으로 요리하기로 했다. 냉동 다짐육이 아직 남았을 것이다.

"그럼 제가 잠깐 보고 올 테니 후미 씨, 자요, 따뜻한 차."

복도로 나왔지만, 야요이는 계단 올라가기를 주저했다.

"저기요!"

밑에서 불러보았다.

"잠깐만요."

잠깐 괜찮으실까요, 라고 하지 않았다. 야요이는 관계성을 확실히 해두고 싶었다. 요양보호사인데 가사도우미처럼 생각하는 사람도 있다. 아내의 요양보호사인데 골프채를 닦으라고 하는 남편도 있고, 자기가 먹을 피자를 사 오라고 시키는 딸도 있었다. 규칙이어서 할 수 없다고 하면 혀를 차기도 한다.

남자는 터벅터벅 내려왔다. 양말은 신지 않았다. 엄지발가락이 컸다.

"저 사람, 치매인가요?"

남자가 얼굴을 찡그리며 말했다.

"인지증이긴 하지만, 일상생활은 혼자서도 가능하십니다. 다른 날에는 다른 요양보호사도 방문하고 있고요."

남자는 흐음 하고는 입을 다물었다.

"조금 놀라신 것 같은데 웃는 얼굴로 말을 걸어주실 수 없을까요."

남자는 야요이의 뒤를 따라서 거실로 왔다. 후미의 눈빛이 험악했다.

"후미 씨, 보세요, 아드님이세요."

야요이는 후미 옆에 서서 어깨에 손을 올렸다. 후미는 탐색하듯이 남자의 얼굴을 보고 글쎄, 아닌 것 같은데, 당신은 어떻게 생각하우, 하고 야요이에게 물었다.

"자기 아들도 몰라?"

야요이가 대답하기 전에 남자가 말했다. 화난 것 같은, 떼를 쓰는 것 같은, 어린아이 같은 어조였다. 아들이구나. 야요이는 겨우 확신이 섰다.

"후미 씨, 고스케 씨예요. 오랜만에 보니 분위기가 달라졌나 봐요."

남자를 방에서 나가도록 하고 야요이는 말했다.

"수염 때문에 몰라보는 것일 수도 있어요. 수염 깎으면 또 알아보실지도."

"글쎄요."

남자는 2층으로 올라갔다.

쇼핑센터 안의 중화요릿집에는 손님이 거의 없었다. 점심시간은 옛날에 끝났다. 젊은 샐러리맨은 한 손에 스마트폰을 들고 라면을 먹고 있고, 작업복 차림 노인이 디저트로 나온 안닌도후(아몬드와 우유로 만든 푸딩―옮긴이)를 먹고 있다.

"아, 피곤해."

야요이는 높게 담긴 볶음밥을 숟가락으로 뭉개면서 중얼거렸다.

후미의 집을 방문한 뒤, 한 집 더 간 곳에서 야요이는 거의 뛰어다녔다. 쇼핑 목록을 잘못 봐서 슈퍼에 다시 식빵을 사러 갔다가 돌아와서 청소를 하다 화장실 휴지가 떨어져가는 걸 알았다. 내일 요양보호사가 방문할 때까지 버틸 것 같긴 했지만, 노파심에 자전거를 타고 다녀왔다.

"우리가 마음이 급하면 이용자에게도 전염되는 것 같아."

전에 나오코가 말했다. 확실히 오늘 데루코 씨는 안정감이 없었다.

야요이가 데루코 씨라고 부르는 노부코 씨는 지난달에 90세를 맞이했다. 데루코는 좋아하는 이름 같다. 가벼운 인지증이 있지만, 등이 꼿꼿하고 좋아하는 엔카라면 2절까지 너끈히 부른다. 야요이가 저녁 식사를 준비하는 동안 데루코 씨는 근처에 앉아서 노래를 부른다. 거기에 "헤이 헤이" "앗싸" 하고 야요이가 추임새를 넣어주는 것이 두 사람의 규칙이었다.

그러나 오늘 야요이에게는 그럴 여유도 없었다. 그 탓에 데루코 씨는 불단 앞에서 "지켜주세요" 하고 몇 번이나 기도하고, 손자에게 선물 받은 동전지갑 내용물을 연신 확인하기도 했다.

야요이가 방문하면 따라다니며 말을 거는 노인이 많다. 10분이어도 좋다. 야요이는 같이 차를 마시며 얘기 상대가 되어주고 싶지만, 그렇다고 무료로 연장하는 것도 잘못인 것 같다. 원래 요양보호사가 이용자 집에서 차를 마시는 것은 금지되어 있다.

고객인 노인이 펼쳐놓은 스포츠신문에 어깨에 깃털을 멘 화려한 댄서 사진이 보였다. 리우, 카니발이라는 글씨가 있다.

카니발이 끝난 모양이다. 두 사람 다 즐거웠을까. 적어도 기요코 이모는 즐거웠을 터다. 그 사람은 어떤 때에도 어두운 법이 없다. 이모부 장례식에서도 그랬다. 조문 온 많은 사람과 대화를 즐기는 것처럼 보이기까지 했다.

야요이는 기요코 부부를 좋아했다. 정확하게 말하면 두 사람이 서로 얼굴을 맞대고 한두 마디 속삭인 뒤에 쿡쿡 같이 웃는 모습을 보는 것이 좋았다. 지금 무슨 얘기한 거야, 하고 어릴 때 몇 번이고 물었지만, 기요코는 웃으며 "비밀"이라고 했다.

야요이는 한숨을 쉰 뒤 볶음밥을 입으로 가져갔다.

"무슨 밥을 그렇게 귀찮은 듯이 먹어요."

갑자기 머리 위에서 소리가 나서 야요이는 목이 콱 막혔다.

낮에 후미 집에서 만난 아들 고스케였다. 수염을 깎아서 바로 알아보지 못했다.

"깎아도 모르는 것 같더라고요, 나를."

고스케는 옆 테이블에 앉았다. 쟁반에는 라면과 만두 세트가 있다.

"그러셨군요……."

야요이가 미안하다는 듯이 말하자,

"뭐, 10년이나 연락 두절된 아들이었으니 어쩔 수 없지만."

라면 그릇을 들고 국물을 마셨다.

"그러다가 어떤 계기로 생각나기도 하실 거예요."

야요이가 말하자,

"느긋하게 기다려야 되는 건가"

하고 고스케가 말했다.

"어머, 돌아오셨다는 말씀인가요?"

야요이는 놀라서 물었다.

고스케는 만두를 연달아 두 개 먹고,

"그럼 안 돼요?"

입속에 만두를 가득 채운 채 야요이의 얼굴을 보았다. 야요이가 우물거리자,

"그쪽, 밥 먹고 약속 있어요?"

하고 고스케가 물었다.

나이 먹어서 낳은 아이라고 후미가 한 말을 생각해보면 관자놀이 언저리에 흰머리는 있지만, 고스케는 아직 40대일지도 모른다.

히나코가 돌아올 때까지 매일 뭔가 새로운 일 하기 미션은 3일 만에 지쳤지만, 기왕 3일째까지 한 김에, 하고 야요이는 술을 마시러 나가보았다.

이자카야 카운터에는 절임채소모둠과 완두콩이 놓여 있다. 집어 먹는 것은 고스케뿐이었다.

"이 일 오래 했어요?"

하고 말한 뒤, 고스케는 레몬사와(레몬 과즙에 소주와 탄산수를 섞은 것—옮긴이)를 단숨에 반이나 마셨다.

"그냥."

야요이는 맥주잔을 바라보며 애매하게 대답했다. 결혼했어요? 하고 물었을 때에는,

"개인적인 얘기, 하지 못하게 되어 있습니다."

가볍게 예방선을 그었다.

너무 쌀쌀맞은 것도 좀 그런가 싶어서 야요이는 후미 이야기를 꺼냈다. 언제나 아들을 걱정하는 것, 요리가 맛있을 때는 "고스케에게" 하고 남기는 것, 최근 무릎이 아프다고 하는 것, 화장실은 갈 수 있지만 목욕은 다른

요양보호사가 도와준다는 것 등.

"따님이 가끔 오신다고 들었어요. 저는 만난 적 없지만."

야요이가 말하자,

"누나군요. 이사를 가지 않았다면 사이타마에 살고 있지 않을까."

아버지의 도박 빚으로 가족이 고생했다고 고스케는 말했다.

"아버지, 집에서는 얌전했죠. 레코드를 듣거나 가까운 데 낚시를 가거나."

야요이는 2층 방에 먼지를 뒤집어쓰고 있는 낡은 레코드플레이어를 떠올렸다. 아직 들어 있는 음반은 무슨 곡이었더라.

"암에 걸려서. 마지막에는 사과만 했죠. 매일 사과받는 것이 가장 힘들었던 것 같네요."

고스케는 잔의 얼음을 달그락달그락 흔들었다. 두툼하고 어딘가 천진난만한 손이었다.

"그럼 어머, 후미 씨가 일하셔서?"

야요이는 어머니라고 하려다, 그러면 가까워 보일 것 같아서 '후미 씨'라고 고쳐 말했다. 후미는 레스토랑에서 설거지 일 하던 시절 이야기를 자주 했다. 별로 좋은 기억이 아니었던 것 같다.

"나도 누나도 고등학교 졸업하자마자 바로 취직했죠. 친척들한테 돈을 빌리기도 하고."

인쇄 공장에 취직해서 아버지가 남긴 빚을 다 갚고 나니 모든 게 한심해졌다고 고스케는 말했다.

"일 그만두고 4년 정도 은둔형외톨이로 지냈어요."

아들의 식사를 준비하면서 후미는 매일 어떤 기분이었을까.

"그렇지만 집을 나갔죠?"

야요이는 물었다.

"누나가 결혼한다고 하는데, 좋지 않잖아요, 이런 동생이 있으면. 집을 나가서 다시 일을 했지만."

고스케는 후우 하고 크게 숨을 토하고,

"단번에 아웃이네요. 인생, 한번 뒤틀리면"

하고 시선을 떨어뜨렸다.

옆얼굴이 후미를 닮았다고 야요이는 생각했다. 속눈썹 모양까지도.

5

여행이 끝나가고 있다.

스테이크하우스에서 맥주를 마시면서 히나코는 지난 일주일 동안의 일이 자신에게 어떤 추억이 될까 생각했다.

브라질 구아룰류스 공항에서 댈러스 공항에 도착한 것은 이른 아침이었다. 나리타로 떠나는 비행기까지 다섯 시간 가까이 남아서 히나코와 기요코는 아침을 먹기로 했다.

스테이크를 먹자고 한 것은 기요코였다.

"히나코, 댈러스야, 텍사스라고. 스테이크를 먹어야

지."

댈러스가 텍사스라고 해도, 텍사스는 스테이크라고
해도 솔직히 히나코에게는 그런 지식이 없었지만,

"좋네, 먹고 싶어!"

몸 컨디션도 좋아졌고 단순히 고기가 먹고 싶었다.

가게는 넓디넓은 공항의 2층에 있었다. 오전 8시에
스테이크를 먹는 손님은 거의 없었다. 오가는 사람들이
내려다보이는 자리에 안내받아서 두 사람은 조용히 마
주 앉았다.

밝다.

하얀 햇살이 들어온다. 적당한 냉방에 피부가 보슬보
슬하다. 히나코는 앉은 채 한껏 기지개를 켰다.

리우 카니발은 끝났다. 이틀 전 일인데 히나코에게는
한참 전처럼 느껴졌다. 아홉 시간에 이르는 사람들의 열
광. 고막에 달라붙은 삼바 리듬도 어느새 녹아서 흘러내
렸다.

선글라스를 낀 기요코는 턱을 괴고 가는 목을 기울이
고 있다. 매니큐어 색이 출발 전과 다르다. 차분한 골드
에서 밝은 회색으로 바뀌었다. 여행에 예비 매니큐어를
갖고 오다니 히나코는 생각해본 적도 없었다.

"이모, 이번에 정말 고마웠어."

히나코는 인사를 한다면 이 타이밍이라고 생각했다.

"같이 가자고 해주지 않았으면 평생 못 왔을 거야. 정말 즐거웠어."

"그래? 그랬다면 다행이구나."

기요코는 말했다.

"다음에 또 같이 가자"라고 말하려나 해서 아니, 말해주길 바라서 히나코는 사이를 두었다. 기요코는 미소만지을 뿐이었다.

테이블에 큰 스테이크가 나왔다.

"자, 먹자, 히나코!"

고기에는 후추가 듬뿍 뿌려져 있고 곁들인 감자는 보기에도 바삭하게 튀겨졌다.

"미국 스테이크는 질길 줄 알았어."

고기에 칼질을 하면서 히나코는 생각을 고쳐먹고 밝게 말했다.

스테이크를 먹고 난 두 사람은 출발 때까지 각자 행동을 하기로 했다. 기요코는 비즈니스석 라운지에서 쉬려는 것 같았다.

히나코는 걷고 싶었다. 외국 공항을 산책하는 것은 즐

겁다. 영화라면 이럴 때 극적인 만남이 있겠지만, 지금 자신에게는 화과자점 아들이 있다.

지금이다, 기무라 부부와는 연락처를 교환하지 않았다. 헤어질 시간이 다가오고 있다.

어떻게 할까 생각하며 걷다가 기무라 부부가 기념품점에서 나오는 것을 보았다.

"기무라 씨!"

히나코는 손을 흔들며 다가갔다.

"아이고, 혼자 있네."

기무라의 아내가 기요코를 찾았다.

"이모는 라운지에서 쉬고 계세요."

"어머, 우리도 거기서 쉬었는데. 엇갈렸구나."

막상 닥치니 재치 있는 말이 나오지 않는다. 히나코는 헤헤 웃기만 하는 자신을 다잡으며,

"아드님 선물도 사셨어요?"

하고 말했다.

"지금 찾고 있는데 어디 좋은 가게 있어요?"

히나코는 좀 전에 본 가게를 떠올렸다.

"웨스턴 부츠와 운동복 파는 가게가 있었어요. 꽤 멋지던데요."

"당신, 봤어요?"

기무라의 남편은 글쎄, 있었던가 하고 고개를 갸웃거렸다.

"괜찮으시면 안내해드릴까요?"

히나코는 넘치는 의욕으로 말했다.

세 사람은 나란히 기념품점으로 향했다. 가게에 도착해도 히나코는 선물을 고르는 척하면서 두 사람을 떠나지 않았다.

내 미래를 바꿀 수 있는 열쇠는 이 사람들이 갖고 있다.

히나코는 거창하게 생각하는 편이 차라리 냉정해졌다.

기무라 부부는 그곳에서 남자용 운동복 세 벌과 맥주잔 네 개, 스노돔, 웨스턴 스타일 도자기 부츠를 샀다.

"이 도기 부츠에 꽃 꽂아도 재미있을 것 같지 않아요?"

하고 기무라의 아내가 말했다. 촌스럽겠죠, 라고 히나코는 생각했지만,

"귀엽겠어요. 저도 살까 봐요."

말하자마자 바로 사버렸다.

가게를 나와서 차라도 마시자고 하지 않을까 기대했지만, 그런 일은 없었다.

두 사람 다 쇼핑을 더 하고 싶은 것 같았다.

"좋은 가게 안내받아서 즐거웠네요. 그렇죠, 여보."

"아닙니다, 저도 구경하고 싶은 가게였어요."

히나코는 겸손하게 웃었다.

"참, 괜찮으면 다음에 우리 집에도 놀러 와요, 화과자는 잔뜩 있으니까."

기무라의 아내가 말했다.

"네! 꼭, 꼭."

대답한 뒤, 꼭은 한 번만 할걸 그랬다고 후회했다.

혼자가 된 뒤 콩닥콩닥 뛰는 가슴으로 공항 가게를 한 바퀴 더 돈 다음 히나코는 스타벅스에서 따뜻한 카페라테를 사서 벤치에 앉았다.

드디어 쟁취한 "다음에 우리 집에도 놀러 와요". 갑니다, 가고말고요.

아들들이 공항으로 마중 나온다고 기무라의 아내는 말했다. 먼저 그곳에서 가볍게 자기소개를 하게 될지도 모른다.

아들들 외모가 그저 그렇더라도 나에게 마음이 있어

보인다면 돌진하자, 하고 히나코는 결심했다. 형이든 동생이든. 기무라 부부는 느낌이 좋다. 합가를 해도 잘해나갈 수 있을 것 같다.

화과자점 사모님이 되면 열심히 일해야지. 새로운 화과자를 제안하는 것도 젊은 사모님의 역할일지 모른다. 히트작을 내서 가업을 번창시켜야지.

브라질과 관련된 만주는 어떨까?

히나코는 호텔 조식 뷔페에 푸짐하게 쌓인 진기한 과일을 더 진지하게 외워둘걸 그랬다고 후회했다.

그건 그렇고 생각보다 무겁다. 도기 웨스턴 부츠 같은 걸 누구한테 선물하지? 일단 본가네. 있으면 어디든 장식하겠지, 하고 얼굴을 들었을 때 히나코의 시야에 익숙한 여자가 들어왔다. 기요코였다.

출발하는 비행기가 보이는 유리창을 배경으로 기요코는 키가 큰 남자와 서서 얘기를 나누고 있었다. 일본인 같지만, 같은 투어 참가자는 아니었다. 남자의 머리는 백발이라기보다 로맨스그레이라고 부르는 편이 어울린다. 고상했다. 흰 셔츠에 올리브색의 러프한 바지를 입었을 뿐인데, 오늘의 기요코는 데님에 티셔츠, 핸드백에 악센트로 묶었던 대형 에르메스 스카프를 자연스럽게 어깨에 걸쳤다.

기요코의 눈은 선글라스 때문에 보이지 않지만, 하얀 이를 보이며 웃고 있었다. 옛날부터 알던 사람일지도 모른다. 남자는 헤어질 무렵 기요코를 가볍게 안았다.

"아까 봤는데, 나."

말할까 말까 망설였지만, 히나코는 말하고 싶어졌다.

"뭘?"

기요코는 고개를 갸웃거렸다.

비즈니스석 라운지에 있는 사람들의 얼굴은 짜기라도 한 것처럼 따분해 보였다. 기요코의 손에는 레드와인 잔이 있었다. 이번 여행에서는 화이트만 마셨는데.

"이모, 아까 남자랑 얘기했지?"

기요코는 아아, 호호호, 하고 웃었다.

"혹시 옛날에 사귀던 사람?"

히나코가 묻자,

"정답. 시카고 가는 길이래."

소파에 몸을 묻듯이 하고 기요코는 작게 하품을 했다.

"학생 시절 남친?"

히나코가 몸을 내밀자, 설마, 하고 기요코는 웃었다.

"그렇게 옛날 남자 얼굴을 알아볼 리 없잖아."

"그럼 언제?"

"음, 그렇게 옛날은 아니야. 10년쯤 전."

계산이 맞지 않는다. 기요코 이모의 남편이 세상을 떠난 것은 3년 전이 아닌가.

히나코의 생각을 꿰뚫어본 듯이,

"연애란 게 의외로 오래도록 많이 생기는 거야."

기요코는 재미있다는 듯이 말했다.

"그럼 저기, 이모의 세무사 있잖아? 혹시 그 사람하고도 사귀었어?"

히나코의 질문에 기요코는 어리둥절해하더니,

"싫어, 그렇게 가까이 있는 남자!"

하고 웃었다.

그러다 두 사람은 탑승구로 향했다. 히나코는 용기가 솟구치는 걸 느꼈다. 내게는 기요코 이모와 같은 피가 조금이라도 흐르고 있다. 일본에 돌아가면, 아니, 나리타에 도착하면 연애 한두 개쯤 쟁취해보리라. 큰 스테이크가 들어간 배를 바싹 끌어 올리듯이 하고 히나코는 전진했다.

물속은 고요했다.

모든 것을 몸이 다 기억했다. 저항을 느끼지 않도록 물을 가르는 법, 부드럽게 발목을 움직이는 법.

하늘을 나는 것 같다. 처음으로 크롤을 한 날, 그렇게 느낀 것을 야요이는 기억해냈다.

오전과 오후 세 군데 요양보호 방문을 마치고 집으로 돌아가는 도중에 야요이는 헬스클럽 앞에서 전단을 받았다. 마침 신호를 기다리고 있을 때였다.

무료체험이라는 글씨가 보여서,

"수영장도 무료예요?"

자전거를 탄 채 묻자,

"네, 꼭 한번 체험해보십시오!"

하고 젊은 남자가 씩씩하게 대답했다.

그 느낌이 좋아서 솔깃해진 야요이는 집에 돌아오자 옷장 구석에서 수영복을 꺼내보았다. 회사원 시절, 헬스 클럽에 다닐 때 입었던 것이지만 아직 입을 수 있을 것 같았다. 물안경은 보이지 않았다. 홈페이지를 보니 모자와 물안경은 대여된다고 해서 그냥 가보기로 했다.

초등학생 때 다닌 수영 교실에서 팔이 길다고 칭찬 들었다. 야요이는 자기 몸에 남보다 뛰어난 부분이 있다고 생각해본 적 없었다. 소질이 있다고 해서 노력했다. 작은 대회에서 우승한 적도 있다.

풀 사이드의 시상대. 제일 높은 곳에서 본 수면.

그 시절이 내 인생의 황금기였을지도 모른다.

크롤이라면 얼마든지 할 수 있다. 어째서 몇 년이나 물을 떠나 있었을까? 매끄럽게 턴을 반복하며 야요이는 계속 헤엄쳤다. 구보타를 본보기 삼아, 하고 모두의 앞에서 코치에게 칭찬을 들었던 턴이다.

수영을 하면서 야요이는 어젯밤의 고스케를 떠올렸다.

두 잔씩 마신 뒤 이자카야를 나왔다. 싸구려 이자카야에서 얻어먹은 걸로 빚을 만들고 싶지 않아서 고집스럽게 반을 냈다. 고스케가 주머니에 지갑도 없이 넣어온 돈은 후미의 지갑에서 빼 온 것일지도 모른다.

"한 집 더, 어때요."

고스케는 눈을 마주치지 않고 말했다. 엉겁결에 되물을 뻔했을 만큼 작은 목소리였다.

좀 더 앞까지 나아가보면 어떻게 됐을까.

"그냥 갈래요. 일단 후미 씨는 그런 상태입니다."

후미 이야기를 하기 위해 마셨다는 것을 강조해두고 싶었다. 가게 앞에서 헤어진 뒤, 돌아본 고스케의 등은 당연하지만 남자의 등이었다.

정신을 차리고 보니 한 시간쯤 수영을 하고 있었다. 수영장은 초보자용부터 상급자용까지 3레인으로 나뉘었다. 야요이는 중급 레인에서 시작했지만, 바로 상급 레인으로 옮겼다.

수영장에서 나와 창가의 샤워기로 몸을 데웠다. 수영장은 헬스클럽 제일 위층이어서 고층 맨션 위로 달이 보였다.

고스케는 말했다. 돌아갈 집이 있었던 자기는 그나마 나았다고. 아는 사람 중에는 일용직으로는 생활을 꾸려나가지 못해서 길바닥으로 나앉은 사람도 있었다고 한다.

고스케의 신상 얘기를 들으니 동정 가는 부분이 적잖이 있었다. 나쁜 사람은 아니라고 생각했다. 그는 인생의 벽에 부딪쳐 있다.

"수영 잘하시네요."

기포 욕조 안에서 여자가 말을 걸었다. 비슷한 또래일까. 쇼트커트가 잘 어울린다.

"고맙습니다."

야요이는 가볍게 대답했다. 오랜만에 하는 운동으로 심신이 녹을 듯이 편안해졌다.

"어릴 때 좀 배웠어요."

야요이가 말하자,

"아, 저도요."

수영선수를 목표로 했던 시기도 있었지만, 엄마가 반대해서 포기했다고 여자는 말했다.

"반대하는 이유가 어깨가 더 넓어지면 성인식 때 기모노가 어울리지 않기 때문이었어요."

여자가 웃었다. 야요이도 따라 웃었다.

여자가 수영하러 자주 오는지 물어서 무료 1일 체험으로 온 거라고 야요이는 대답했다.

"체력을 쓰는 일이어서 사실은 더 단련하고 싶지만."

"체력을 쓰는 일?"

"노인 돌봄 관련 일이에요."

야요이가 말하자, 여자는 "저, 존경해요" 하고 진지한 얼굴을 했다.

"할머니가 신세질 때 그렇게 생각했어요. 혹시 요양보호사세요?"

야요이가 "네, 뭐" 하고 대답하자,

"요양보호사 일, 밸런스 감각이 뛰어난 분이 아니면 할 수 없겠구나 하고, 할머니 간병할 때 생각했어요. 상상력이나 공감 능력 등 요구되는 것이 정말로 많은 일이잖아요. 대단하세요."

여자는 무슨 생각인가를 떠올린 듯이 끄덕이고 있다.

"힘들겠어요" 하는 말을 제일 먼저 듣지 않은 것이 야요이는 묘하게 기뻤다. 대부분 그렇게 말하지만, 뭔가 업신여기는 듯이 느껴진다.

여자는 직접 회사를 경영하고 있다고 말했다. 수수한 베이지색 네일이지만, 네일숍에서 손질한 게 분명한 손톱이 예뻤다.

"얘기 즐거웠어요. 또 만나기를."

여자는 나갔다. 군살이 없다. 수영 선수 같은 몸이었다. 보글보글 올라오는 기포가 간지러웠다. 이런 곳에 후미를 데리고 오면 의외로 재미있어하지 않을까. 상상하니 웃음이 나온다. 야요이는 욕조에서 다리를 쭉 들고 바라보았다. 오기 전에 잔털 정리는 했지만, 곳곳에 깎다 남은 자국이 있었다.

샤워 룸은 차례를 기다릴 만큼 붐볐다. 내게도 이렇

게 일을 마치고 헬스클럽에 들르던 시절이 있었다. 남편의 전근으로 일을 그만두었지만 전근이라고 해도 겨우 1년이었다. 그만두지 않았더라면 좋았을걸. 생각해봐야 소용없지만, 소용없다는 이유만으로 생각하기를 그만둘 수 없었다.

단번에 아웃.

야요이의 가슴에 고스케의 말이 파고 들어온다.

서두를 일도 없어 파우더 룸에서 천천히 머리를 말리고 휴게실에서 한숨 돌렸다. 잡지나 신문도 있었다. 수건을 목에 두르고 열심히 읽고 있는 사람도 있다. 엘리베이터를 타고 1층으로 내려갔다가 수영장에서 만난 쇼트커트의 여자와 딱 마주쳤다. 계단으로 내려온 것 같았다.

"앗."

서로 소리를 지르고, 친한 친구와 마주쳤을 때처럼 함께 웃었다.

6

더 일찍 잘랐으면 좋았을걸.

야요이는 통통 튀듯이 걸으며 짧은 보브 머리가 찰랑거리는 느낌을 즐겼다. 이렇게 머리를 짧게 한 게 얼마만인가.

약속 시간까지 아직 조금 남았다. 서점에 들러서 새 책을 사고 싶은 기분이었다. 미용실을 나와서 횡단보도를 다 건넜을 때, 나오코에게 메시지가 왔다. 오늘은 여유롭게 마실 수 있다고 한다. 그러고 보니 엊그제 나오코의 메시지에 남편 출장 얘기가 있었던 것 같다.

유감! 약속이 있어서 다음에!

답장을 보내고 야요이는 한 번 더 머리를 흔들었다.

가볍다. 상쾌하다. 머리도, 그리고 마음도. 이런 날에 싸구려 이자카야에서 마시는 건 딱 싫다.

한 달 전 요시모토 교카와 헬스클럽에서 만난 뒤, 벌써 다섯 번째 식사다. 그날, 교카를 만나지 않았더라면 브라질에서 돌아오는 여동생과 험악한 분위기가 됐을지도 모른다.

도저히 납득이 가지 않는 것은 히나코가 선물로 사 온 지갑이다. 사달라고 한 것은 분명하다. 그러나 야요이가 원한 것은 면세점의 브랜드 지갑이지 아마존의 거대 담수어 가죽으로 만든 지갑이 아니었다. 애들 심부름도 아니고, 어째서 기요코 이모한테 부탁하지 않았을까.

히나코의 캐리어에서 나온 선물은 이른바 기념품으로 돌릴 것들뿐이었다. 다음 파견지조차 정해지지 않아서 돌릴 사람도 없으면서. 야요이는 즉석 라면과 싸구려 초콜릿을 테이블에 쌓아 올려놓고 마음에 드는 것은 먹어도 된다며 웃는 여동생에게조차 관대했다.

어젯밤에는 요양보호사 일을 마친 뒤, 교카의 친구들과 늦게까지 술을 마셨다. 젊은 극단원과 술집 2대 사장, 카메라맨, 시인이라고 소개받았다. 교카의 여학교 시절

실수담에 다들 폭소를 터트렸다. 시인인 남자만 그다지 웃지 않고 말없이 있었지만, 그건 그것대로 자연스러운 분위기여서 야요이에게는 신선하게 느껴졌다. 극단원이라는 안경 낀 남자는 내일 일찍 공연이 있다고 가고, 그 다음에 합류한 미용사가 바로 조금 전 야요이의 머리를 커트한 리코 씨라는 자그마한 체구의 여자였다. 야요이가 머리 모양을 바꿔보고 싶다고 했더니 서두를수록 좋다고 하여 오늘 가게 된 것이다.

과감하게 머리를 짧게 할 생각.

야요이는 미용실 가는 도중에 교카에게 메시지를 보냈다. 바로 답장이 와서 저녁을 같이 먹자고 했다. 연일 만나다니 꼭 고등학생 같다고 쿡쿡거렸다.

"말도 안 돼, 말도 안 돼, 말도 안 돼, 완전 귀여워! 짧은 게 어울릴 거라고 생각했지만, 너무 잘 어울리잖아."

만나기로 한 카페에서 교카에게 칭찬을 듣고 야요이는 기쁨을 감출 수 없었다.

"정말? 정말?"

"응, 과연 리코네."

리코를 소개해주어서 고맙다는 인사를 잊고 있었음을 깨닫고 야요이는 황급히 말했다.

"교카 씨 덕분이야. 그렇지 않았더라면 리코 씨네 가게 평생 가보지도 못했을 거야. 굉장히 세련된 곳이더라."

"가구도 멋스럽지? 체체 화병이라든가."

무슨 소리인지 몰라서 야요이는 대충 끄덕였다. 단어를 외워두었다가 나중에 검색해봐야겠다고 생각했다.

"여기 드라이카레 강추인데, 드라이카레 괜찮아?"

"응, 맛있을 것 같아."

야요이에게는 자신 있게 추천하는 교카가 눈부셨다.

주택을 개조한 카페 천장은 큰 대들보가 노출되어 있다. 벽 한쪽 가득한 책장에는 오래된 양서가 꽂혀 있다. 마음에 드는 사진집이 있으면 이따금 산다고 교카는 말했다.

교카는 직장에 다시 돌아가야 하기 때문에 혼자만 맥주를 마시는 것도 내키지 않아서 야요이도 물로 했다. 접대비로 낸다고 하면서 식사비는 아마 오늘 밤도 교카가 낼 것이다.

"나 생각했는데."

교카가 입을 열었다. 의자에 등을 바짝 붙이듯이 앉았다. 엄마가 발레 선생님이어서 자세에 까다로웠다고 교

딱 한 번만이라도 _____ 141

카가 말한 이후 야요이도 신경을 쓰고 있다.

"야요이 씨는 표현하는 사람인 것 같아."

"표현?"

야요이는 얼른 앞머리를 다듬었다. 교카가 무슨 말을 할지는 몰랐지만, 이미 그리 싫지 않았다. 교카와 얘기하고 있으면 자신이 어떤 인물이 된 것 같아서 기분 좋은 자신감이 생긴다.

"응, 왜 어젯밤 그림자 이야기도 그렇고. 그런 감성은 아무에게나 있지 않잖아."

그러고 보니 어젯밤 술집에서 그런 화제가 나왔다, 중국에서 그림자 그림 공연을 보았다는 카메라맨이 그림자는 무섭지만 끌리는 데가 있더라고요, 라고 해서 야요이는 커피 잔 얘기를 했다.

"알 것 같아요. 도토루 커피점 테이블에 석양이 들 때, 짙어지는 커피 잔 윤곽이 참 아름답다고 느낀 적 있어요."

그런 시시한 얘기였다.

"미의식이 높은 사람이야, 야요이 씨는."

교카는 단호히 말했다, 아냐, 말도 안 돼, 하고 야요이가 겸손한 척하고 있을 때 드라이카레가 나왔다.

전철 창밖으로 벚꽃나무 가로수 길이 흘러간다. 보도의 홈에는 하얗게 바랜 벚꽃 잎이 쌓여 있다. 히나코는 창밖으로 시선을 보냈다가 무릎 위 종이 가방을 들여다봤다가 시종 안절부절못했다. 브라질 여행에 같이 갔던 기무라 부부의 화과자점에 가는 길이었다.

여행 참가자들은 나리타 공항에 도착한 뒤에는 뿔뿔이 해산했다. 기무라 부부의 모습을 놓친 히나코는 천천히 연락처 교환을 하려고 했던 자신에게 실망했다.

단서는 있었다. 인터넷에서 화과자점을 검색해서 본점이 센다가야 주택가에 있다는 것은 알았다. 바로 가기도 뭣해서 날을 두고 기다렸다가 드디어 오늘 가는 것이다.

그렇긴 하지만, 하고 히나코는 생각한다. 근처에 볼일이 있어서 사진을 갖다 주러 들렀다는 명목치고는 겨우 세 장뿐인 게 걸렸다. 그중 한 장은 리우 카니발을 바라보는 부부의 뒷모습이다.

들고 갈 선물을 고르느라 한 시간 가까이 백화점 지하를 어슬렁거렸다. 화과자점에 단 음식 선물은 아니지.

전병으로 할까, 차로 할까. 쓰쿠다니(설탕과 간장으로 달짝지근하게 조린 음식—옮긴이)도 기뻐하지 않을까. 과일은 좀 병문안 선물 같고. 결국 처음에 본 홍차로 정했다. 망고와 파인애플 향으로 한 것은 브라질을 의식한 것이다.

저녁 식사를 같이 하자는 흐름이 될지도 모른다. 그 자리에서 아들들을 소개해줄지도 모른다. 그것이 인연이 되어 사귀게 될 가능성도 없지는 않다. 그렇게 척척 순조로울 리 없다고 자신을 나무라면서 히나코는 댈러스 공항에서 남자에게 안길 때, 부드럽게 흔들리던 기요코의 스커트 자락을 떠올렸다.

낯선 거리를 걷는 것은 즐겁다.

언젠가 살게 될지도 모른다고 생각하니 더욱 그렇다.

구글 지도대로 가게는 있었다. 쑥떡 깃발이 걸려 있다. 단층 건물이지만 그 안쪽에 주거인 듯한 2층 건물집이 보였다. 지붕에는 태양광 패널이 여러 장. 자랑하던 소나무까지는 보이지 않았다.

진열장 안쪽에 기무라의 아내가 서 있었다. 하얀 앞치마 가슴팍에는 가문인 듯한 프린트가 있다. 히나코는 심호흡을 하고 가게에 들어갔다.

"어서 오세요."

기무라의 아내는 웃는 얼굴로 인사하고, 히나코와 눈이 마주쳤지만 이내 하던 일로 돌아갔다. 전표를 넘기는 종이 소리가 났다.

"안녕하세요."

애써 밝게 말했다. 기무라의 아내가 다시 히나코를 보았다.

"저, 브라질 여행에서 만났던⋯⋯."

순간, 침묵이 내렸다가 "아, 아, 네네, 이모하고 왔던!" 하고 기무라의 아내가 웃더니, 동시에 희미하게 표정이 흐려진 것은 "근데 왜 온 거야?" 하는 뜻이겠지.

히나코는 몇 번이나 머릿속으로 되풀이한 대사를 빠르게 말했다. 이 근처에 친구가 살아서 오랜만에 만나러 왔는데 이모 선물로 살 과자를 검색했더니 이 가게가 나왔다, 그런데 보니 우연히 기무라 씨 가게여서 마침 사진도 건넬 겸 들러보았다고. 식사에 초대해주어도 괜찮도록 친구 집에서 돌아가는 길이라고 말하는 줄거리였다.

기무라의 아내는 어머나, 일부러 이렇게, 하고 웃는 얼굴로 돌아왔지만, 남편도 그리고 중요한 아들들도 불러올 기미는 없었다. 본점에 없는지도 모른다.

"이건 사진하고, 그리고 별것 아닙니다만 홍차, 괜찮으시면 가족분들과 드셔보세요."

진열장 너머로 히나코는 종이 가방을 건넸다. 어머나, 아이구, 이런 걸 다, 하고 기무라의 아내는 미안해하면서 받아들었다.

쑥떡을 한 팩 사서 히나코는 가게를 나왔다. 저녁 식사 초대는커녕 연락처도 묻지 않았다. "덤"이라며 도라야키를 두 개 주었다.

"뭐야, 갑자기 리모델링이라니."

히나코는 블라우스를 다리면서 말했다. 내일 오랜만에 파견 회사 사무실에 가기로 했다.

저녁 뉴스는 스포츠 코너로 바뀌어서 캐스터의 힘찬 목소리가 들린다. 야요이는 읽고 있던 책에서 얼굴을 들지 않고, "그러게" 하고 대답했다. 등을 곧게 펴고 친구에게 빌린 책을 보란 듯이 읽고 있다. 실험으로 숲에 살아본 외국인 일기라나.

"아일랜드 키친으로 하다니 엄마 누구하고 마주 보는 거야, 이제 와서 아빠랑?"

히나코는 말했다.

"그렇지 않을까."

"그 건축가는 제대로 하는 사람인가? 몇 살이래?"

"글쎄, 동창생 소개 같아. 고등학교 때의."

본가 리모델링에 야요이가 별로 관심 없는 것이 히나코는 너무 이상했다. 그것은 어쩌면 그 '항아리' 같은 것과도 약간 관계가 있을지 모른다.

항아리는 현관 신발장에 장식해놓았다. 항아리가 아니라 꽃병, 혹은 오브제일 가능성도 있다. 브라질에서 돌아오자마자 히나코는 그 존재를 발견했지만, 야요이가 요양보호사 하는 집에서 받았나 보다 하고 흘려 넘겼다. "점토로 만들어봤어" 하고 야요이가 말했을 때 기겁했다. "어째서 또?"와 "이런 걸?"이 머릿속에서 엉킨 결과, 히나코의 입에서 나온 것은 "헐" 하는 얼빠진 소리였다.

"180만이래."

갑자기 야요이가 말해서 히나코는 정신을 차렸다.

"뭐, 리모델링 비용이?"

"응, 엄마 비상금이라네."

"그렇구나……."

말을 찾지 못하고 당황하는 히나코에게,

"다림질 천 대고 다리지 않으면 옷감 상해."

야요이가 펼쳐놓은 페이지에 시선을 떨어뜨린 채 말했다. 블라우스 소맷자락은 이미 번쩍거리고 있었다.

다음 날, 히나코가 파견 회사 앞에 도착한 것과 동시에 가방 속의 스마트폰이 진동했다. 사무실이 아니라 역 앞 커피숍에서 기다려달라는 이시오카의 연락이었다. 5분 정도 오던 길을 되돌아가서 지정한 다목적 빌딩 안의 커피숍으로 들어갔다.

이시오카가 바로 왔다.

"미안합니다, 갑자기 장소를 바꾸어서."

이시오카는 비뚤어진 넥타이를 바로 하면서 히나코 맞은편에 앉았다.

이시오카의 얼굴을 보고 실망하는 것은 실례다. 히나코는 바로 반성했다. 반성해놓고 브라질 현지에서 떠올렸을 때는 좀 더 멋있었잖아 하고 엉뚱하게 화가 났다.

커피숍은 흡연석이 따로 있지 않아 등 뒤에서 담배 연기가 흘러왔다. 히나코는 커피, 이시오카는 아이스코코아를 주문했다.

"희망하신 일을 좀처럼 소개하지 못해서 미안합니다."

이시오카는 첫마디를 하며 머리를 숙였다.

"어머, 아니에요."

마음을 가다듬은 히나코는 고개를 저었지만, 저금이 거의 바닥을 드러낸 현실이라,

"그렇지만 슬슬 일을 하지 않으면 돈 문제도 좀⋯⋯." 하고 덧붙였다.

"브라질, 어땠어요?"

이시오카가 말했다.

"카니발, 열기가 엄청났어요. 열대국은 역시 정열적이 더군요. 이시오카 씨도 남미를 여행하신 적 있다고 하셨 죠."

"나는 쿠바입니다. 여러 군데 돌아다녔죠, 하바나, 혁 명박물관."

"혁명박물관요?" 히나코가 묻기 전에 "인솔자가 있는 패키지 투어여서 편했죠" 하고 이시오카가 말했다.

음료가 나오자 이시오카는 의자에 고쳐 앉더니, "그리 고 말이죠" 하고 말했다.

"이런 개인적인 엽서는 곤란합니다."

테이블에 놓인 것은 히나코가 보낸 항공 엽서였다.

'언제나 감사합니다.

지금 브라질에 있답니다.

남국의 과일은 정말 맛있습니다.

본 적도 없는 검은 새가 리우의 하늘을 날고 있습니다.

다음에 이시오카 씨의 남미 이야기를 들어보고 싶습니다.'

그걸 보고 핏기가 가셨다. 아무 스스럼없는 문장으로 쓸 생각이었는데 여기에서 냉정히 읽어보니 이시오카에게 마음이 있는 것으로 보일 수도 있었다.

"아, 아뇨, 별로 개인적이라거나, 그런 의미는 아니고……."

"앞으로 주의해주십시오."

이시오카는 히나코의 반응은 기다리지 않고 앞으로 할 일의 방향성에 관해 얘기하기 시작했다. 연령적으로 파견 회사 의뢰도 줄어들고 있으니, 희망하는 직종의 폭을 넓혀보는 것이 어떤가. 대충 그런 내용이었다. 어조에는 위로도 느껴졌다. 히나코는 "생각해보겠습니다" 하고 아직 뜨거운 커피를 후루룩 마셨다. 여행 선물로 주려고 했던 판초콜릿은 등장할 순서를 잃고 핸드백 바닥에서 잠자코 있었다.

엄마의 소집을 받고 야요이와 히나코는 본가로 돌아왔다.

"좋은 기회니까 필요 없는 것 전부 버리고 싶어."

요시에가 말하는 '좋은 기회'란 물론 주방 리모델링이다. 이미 상당한 양을 버렸고, 전자레인지대는 전자레인지째 사라졌다. 미니멀리즘을 실천하려는 것 같다.

"그렇지만 우리 방까지는 관계없잖아."

히나코는 반론했지만, 오히려 야요이는 적극적이었다.

"정말 필요한 것만으로 생활하는 건 나쁘지 않다고 생각해. 나도 그러고 싶다고 생각하던 참이었고."

자매는 반나절에 걸쳐서 2층 자기들 방에서 불필요한 물품을 꺼내서 나르고, 그다음 아버지와 함께 그릇장과 식탁을 해체했다.

의외로 이날, 가족 중에서 가장 기합이 들어간 사람은 엄마가 아니라 아버지 가즈오였다.

직접 사 왔다는 유니클로 청바지. 흰색 셔츠 자락을 벨트 속이 아니라 겉으로 꺼내서 자연스러운 느낌을 내고 있었다.

선생님 흉내 내는 거야, 하고 엄마가 말했다. 선생님이 리모델링을 맡은 건축가란 걸 깨닫는 데 자매는 잠시 시간이 걸렸다.

리모델링에 전혀 흥미를 보이지 않던 가즈오였지만, 건축가의 설계도를 보더니 갑자기 의욕이 넘쳤다고 한다.

대형 가구 해체가 끝나자 야요이는 내일 일찍 요양보호사 일이 있다며 돌아갔다.

히나코가 목욕하고 나왔더니 가즈오가 거실에서 혼자 술을 마시고 있었다. 카펫에 반쯤 누운 자세로 캔 소주를 마셨다.

"뭔가 대단하네. 이사 가는 것 같아."

냉장고를 구경하면서 히나코가 말했다. 쌓아 올린 상자에는 그릇, 냄비, 비품 등을 매직으로 써놓았다.

"아, 그런가."

가즈오는 천천히 일어서더니 자로 여기저기 재기 시작했다. 주방에 원목나무 카운터를 단다고 한다.

"거기서 뭐 하게, 술 마셔?"

바스타월로 젖은 머리를 닦으면서 히나코는 웃었다.

"키가 큰 의자 둘 거야. 있잖아, 그런 것."

"아, 있지."

"인터넷에 좀 찾아봐줘."

"알겠어. 어떤 거?"

"빙빙 돌아가는 것. 높이가 조정되고, 좌면이 동그랗고 까만."

"알겠어, 찾아볼게."

히나코는 냉장고 구석에서 요구르트를 꺼내 2층으로 올라갔다.

발바닥이 자신의 방을 기억한다. 짧은 카펫 털, 곳곳에 움푹한 바닥의 느낌. 삐걱삐걱 소리가 나는 곳은 피아노 왼쪽 앞이다.

히나코는 기요코가 피아노 치는 모습을 브라질 여행에서 처음 보았다. 모든 관광을 마친 여행의 마지막 밤이었다.

호텔 레스토랑은 일본인 패키지 투어 팀이 대절했다. 구석에 있는 피아노를 발견한 누군가가 "여기 피아노 칠 줄 아는 사람 있어요?" 하고 물었다.

"무리, 무리, 〈학교종이 땡땡땡〉도 무리."

웃음이 터지고,

"혹시 마쓰시타 씨라면 칠 수 있지 않을까?"

갑자기 기요코의 이름이 나왔다.

"쳐볼까? 그렇지만 준비를 해주셔야."

기요코는 웃었다.

이 한마디로 현지 인솔자가 레스토랑 점장에게 허락을 구했다. 오케이를 받자 기무라 씨가 "자, 여보, 얼른 준비해드려" 하는 아내의 재촉에 피아노 의자를 꺼내고 건반 뚜껑을 올렸다. 기요코는 화이트와인 잔을 기울이고 미소 지으면서 그것을 보고 있었다.

준비가 되자 기요코는 천천히 일어서서 피아노 앞에 앉았다. 그리고 모두가 어딘가에서 들은 적 있는 모차르트의 밝은 곡을 쳤다. 가게 안에 박수가 터지고, 한 곡 더 〈위를 향해 걷자〉(1963년 빌보드 1위를 한 일본의 국민가요—옮긴이)를 쳤다. 일본인 손님들의 합창에 주방에서 요리사들도 나와서 리듬을 맞추었다.

같이 합창을 하면서 히나코는 그곳에 앉아 있는 사람이 기요코 이모가 아니라 나였다면 하고 상상했다. 실력이라면 일곱 살부터 열다섯 살 때까지 피아노를 배운 히나코가 더 낫다. 하지만 기요코 같은 센스 있는 선곡은 못 했을 거다. 피아노를 치라고 해도 거절했을 테고.

애초에 자기한테 말도 걸지 않았다.

다 치고 나니 젊은 요리사 남자가 기요코에게 다가와서 빨간 꽃을 한 송이 건넸다. 환성 속에 기요코의 입 모양이 "오브리가다" 하고 움직이는 것이 보였다. 인솔자인 오노다에게 여행 첫날에 배운 포르투갈어 "고맙습니다". 남성이라면 "오브리가도", 여성이라면 "오브리가다". 히나코는 여행 내내 "땡큐"로 일관하여 한 번도 입에 올리지 않은 말이었다.

일본에 돌아가면 피아노를 치고 싶다.

그날 밤에는 강렬하게 건반이 그리웠던 히나코였지만, 본가의 피아노 앞에서 좋아하던 화음 두세 개를 치고 나니 이내 물렸다.

♣

슈퍼의 자전거 보관소에 도착하고도 야요이는 한동안 움직이지 못했다. 등 뒤를 지나가는 사람 그림자는 챙이 넓은 모자를 쓰고 있다.

바로 조금 전 방문한 아베의 집에서 들은 말을 용서할 수 없다.

얼굴을 보고 한 말은 아니었다. 들린 것이다. 야요이가 방문했을 때, 아베는 침대에 누운 채 누군가와 전화를 하고 있었다. 인사만 하고 야요이는 바로 주방에 섰다. 싱크대에 쌓인 접시와 그릇. 지저분한 채 말라 있다. 적어도 물에 담가주기라도 하면 그만큼 빠르게 다음 작업을 할 텐데 생각하면서 설거지를 하고, 쌀을 씻어서 밥솥에 안쳤다. 이따금 아베의 웃음소리가 들렸다. 단편적으로 들리는 대화로 보아 친척과 얘기하는 것 같았다. 슬슬 저녁 장보기를 나가야 했다. 야요이는 통화 중인 아베에게 요리책을 가리키며 소리는 내지 않고 "뭐로 할까요?" 하고 입 모양으로 물었다.

"규동."

아베는 말하고 저리 가, 하듯이 손가락을 까닥거렸다. 현관에서 신발을 신고 있는데 아베가 전화 상대방에게 하는 얘기가 들렸다.

"지금 청소하는 아줌마가 와서."

야요이는 소리 내어 문을 닫았다. 자전거로 슈퍼에 가는데 분해서 눈물이 났다.

한낮의 슈퍼에는 아이 울음소리가 울렸다. 울고 싶은 것은 이쪽도 마찬가지다. 마음이 진정되지 않아 야요이는 빈 바구니를 들고 가게 안을 어슬렁거렸다. 그 남자 저녁이 늦어지는 게 대수냐.

그러나 이 시간 역시 아베에게 쓰는 거라고 생각하니 짜증이 나서 야요이는 마지못해 식재료를 바구니에 넣었다. 정육 매장에서는 언제나의 습관대로 기름이 적은 팩을 비교하고 있었다.

집에 돌아오니 아베는 코를 골며 자고 있었다. 장 본 것을 슈퍼 봉지에서 꺼냈다. 주방 작은 창으로 보이는 것은 스프레이로 낙서한 블록 담과 날씬한 버드나무뿐이다.

바람이 불어서 어린잎이 흔들렸다. 그러고 보니 엄마가 말한 이웃집 나무 이름이 뭐였지. 야요이는 재빨리 규동을 만들어서 랩을 씌웠다. 맛있게 만든 것이 후회스러웠다.

"야요이 씨라면 할 수 있을 거야. 기술은 나중에 배워도 돼. 예쁜 것을 예쁘다고 생각할 수 있는 사람이 아니면 할 수 없는 일이라고 생각하거든."

야요이의 눈을 똑바로 보며 교카가 말했다. 교카의 회사에서 홍보 일을 도와달라고 부탁한 것이다. 장래에는 야요이에게 수입 잡화 부서를 맡기고 싶다고 한다.

하고 싶다. 해보고 싶다.

야요이에게 망설임은 없었다. 서른 살이나 연상인 노인에게 아줌마 취급을 받는 날들에 무슨 미련이 있을까.

"정말 기뻐. 고마워."

야요이는 폴짝폴짝 뛰면서 기뻐하고 싶었지만, 꾹 참고 말했다.

교카와는 서로 친한 친구라고 부를 수 있는 사이가 된 것 같다. 그래서 친구로서 돕는다는 분위기로 받아들이고 싶었다. 걸신들린 듯 넙죽 그 제안을 문 것처럼 보이고 싶지 않았다.

"대답은 좀 나중에 해도 돼? 내 인생을 진지하게 생각해보고 싶어."

야요이는 말했다.

집에 돌아오니 히나코의 방에서는 텔레비전 소리가 났다. 원래는 아이 방으로 쓸 예정이었던 양실이다. 야요이는 시간을 들여서 자신을 위해 대만 차를 우렸다. 다기 세트는 유리 제품으로 교카가 물건을 구입하러 간 대만 출장 길에 사 온 선물이다.

내가 내미는 명함에는 부장이라고 인쇄될까. 책임자

자리라면 언젠가 그렇게 될 터다.

"예쁜 것을 예쁘다고 생각할 수 있는 사람이 아니면 할 수 없는 일이라고 생각해."

교카가 한 말을 몇 번이나 음미했다. 그것은 입자가 굵은 설탕처럼 달콤하고 사각사각해서 녹는 것이 아쉬웠다.

나답게, 아니, 나니까 할 수 있는 일도 있다.

야요이는 열탕에서 천천히 펼쳐지는 잎차를 바라보았다.

❦

머뭇머뭇, 히나코는 이시오카를 올려다보았다. 여전히 콧털 손질이 되지 않았다.

히나코의 새로운 파견지가 대학교 구매부로 정해져서 두 사람은 그 수속을 마치고 캠퍼스를 걷고 있었다. 줄곧 기업 사무직을 희망한 히나코였지만, 이시오카가 견학만이라도 하라고 권해서 그 후로 이야기가 척척 진행됐다.

"기왕 온 길에 강의라도 하나 듣고 갈까요."

이시오카가 말했다.

"어머, 그런 게 가능해요?"

이시오카의 코에서 넥타이 매듭까지 시선을 내리다 히나코는 말했다.

"실은 저 이 학교 졸업생입니다."

"네? 아아. 그렇군요. 뭐예요, 요전에 말씀해주시면 좋았을걸."

지난 주, 둘이서 견학을 왔지만, 그날은 구매부를 들여다보기만 하고 바로 헤어졌다.

"괜한 정보가 없는 편이 좋을 것 같아서요."

이시오카가 웃었다.

두 사람은 대형 강의실에 몰래 들어갔다.

"여긴 대부분 출석 체크를 하지 않아서."

뒤쪽 긴 책상에 나란히 앉아서 이시오카가 메시지를 확인하는 동안, 히나코는 점점 모이는 학생들을 멍하니 바라보았다.

학창 시절에서 그리 멀리 와 있다는 느낌이 들지 않았다. 강의실 뒤에 큰 거울이라도 있었더라면 학생들과 나란히 있는 모습에 세월을 느끼겠지만, 자신들이 시야에 없는 장소에는 시간의 흐름이 없었다.

강의가 끝난 후, 두 사람은 학교 식당에서 점심을 먹기로 했다. 히나코는 멘치가스 정식, 이시오카는 돈가스 카레. 마침 빈 창가 자리에 마주 앉았다.

"강의 90분, 너무 길다고 학생 때는 생각했는데, 오늘은 그렇지도 않네요."

이시오카가 "그러네요" 하고 웃었다.

멘치가스는 갓 튀긴 것은 아니지만 아직 충분히 따뜻했다. 튀김옷이 바삭바삭해서 밥과의 밸런스를 무시하고 히나코는 계속 먹었다.

"당연하지만, 학생들이 많네요."

이시오카는 역시 "그렇죠" 하고 끄덕였지만, 대충 대답하는 것 같진 않았다.

"여기 있는 학생들도 전원 정규직이 되는 건 아니겠죠."

말한 뒤, 히나코는 비굴한 느낌으로 받아들이지 않았을까 걱정했다.

"뭐, 그렇죠."

매운지 더운지 이시오카의 이마에는 땀이 송골송골했다.

"정보커뮤니티학과였다고요? 아까 강의, 상당히 재미

있었어요."

히나코가 말하자,

"내가 다닐 때와 똑같은 자료를 사용하더군요."

손수건으로 땀을 닦으면서 이시오카가 또 웃었다. 오늘 이 사람이 잘 웃는 것은 어쩌면 그 항공 엽서로 인해 어떤 감정을 갖게 된 것인지도 모른다. 돌아오는 길에 혼자가 된 히나코는 카레와 밥을 섞지 않고 먹는 이시오카의 카레 먹는 법이 싫지 않다고 생각했다.

❦

후미는 조금 울었다.

야요이가 얘기할 때는 "저런, 그렇구나. 그래도 가끔은 올 수 있지?"를 되풀이했다. 하지만,

"죄송해요, 그만두면 올 수가 없어요."

야요이가 확실하게 말했더니, 앗, 하고 순간 움직이지 못하다가

"외롭잖아, 그러면"

하고 고개를 숙이는 눈이 촉촉해졌다. 그 뒤에서 밥이 다 됐다는 전기밥솥 음악이 흘렀다.

"뭐야, 그만두는 거야?"

2층에서 고스케가 내려왔다. 야간 교통 경비 일을 시작해서 몸이 약간 다부져진 것 같다.

"네, 신세 많았습니다."

야요이는 되도록 무심하게 말했다. 둘이서 술을 마신 밤의 일은 서로 한마디도 하지 않았다.

후미는 고스케를 보고 "누구세요?" 하고 의심스러워할 때는 있지만, 친척이나 누구겠지 생각하는 것 같았다. 아주 가끔 "고스케" 하고 부르는 아침도 있다고 한다.

"결혼?"

고스케가 물어서 사적인 얘기는 좀, 하고 야요이는 대답했다.

길가의 잡초에서는 여름밤 냄새가 났다.

산뜻하고 짙은 감색의 마 원피스를 입고 야요이는 국도변 패밀리 레스토랑으로 향했다.

가게에 도착하니 교카는 박스석에서 필래프를 먹고 있었다.

"안녕."

야요이는 밝게 인사하고 앉았다. 가게 안은 서늘할 정
도로 냉방이 켜져 있다.

태국에 다녀왔다는 데 비해 교카는 별로 타지 않아서
물어보니 상담 때문에 건물 안에서만 있었다고 한다.

저녁은 먹고 와서 야요이는 드링크 바의 아이스커피
를 마시기로 했다.

"글쎄, 난리도 아니었어."

현지에서 여권이 든 핸드백을 고스란히 도둑맞은 모
양이었지만, 교카는 사건의 전말을 즐겁게 얘기했다.

"그래도 그걸 찾다니 기적이었어."

필래프를 다 먹은 교카는 리필 좀 가져올게, 하고 드
링크 바로 갔다.

학생들 한 무리가 아까부터 시끄럽다.

언제나처럼 조용한 카페에서 얘기하고 싶었다. 야요
이에게는 얘기하고 싶은 일이 잔뜩 있었다. 대만 차를
일본 찻주전자로 마시려면 어떤 형태가 적합할지 자기
나름대로 생각해보았다. 뭔가 앞으로 일에 힌트가 될 수
있다면, 하고 생각했다.

"이따가 스태프와 합류할 거야."

아이스티를 들고 돌아온 교카가 말했다. 당분간은 야

요이와 같이 일을 하게 될 젊은 사원이라고 한다.

"긴장돼. 정말로 내가 교카 씨와 같이 일을 하다니."

"기뻐. 야요이 씨가 거절하면 어쩌나 했거든."

나타난 사람은 보더 셔츠에 청바지 차림의 청년이었다. 야요이는 막연하게 여성이 오는 줄 알았다.

"이쪽이 구보타 야요이 씨. 어때, 멋진 사람이지?"

교카에게 소개를 받고 "아뇨, 아뇨, 아뇨" 하고 야요이는 손을 저었지만, 좀 아줌마 같아서 후회했다.

"하라라고 합니다. 잘 부탁합니다. 모르는 일이 있으면 뭐든 물어주십시오."

하라는 자리에는 앉지 않은 채, 어떻게 할까요? 하고 교카에게 물었다.

"우리 사무실 구경시켜주는 편이 좋을 것 같아. 야요이 씨, 지금 괜찮아?"

교카가 핸드백에서 지갑을 꺼내서 야요이는 카디건 걸치던 손을 멈추고 "괜찮아" 하고 말했다.

세 사람은 하라가 운전하는 경차를 탔다. 20분 정도 달려서 차는 낡은 맨션 앞에 섰다. 맨션 1층은 상가로 치과 옆의 애완동물용품점은 아직 열려 있었다.

엘리베이터 단추는 7층까지 있었다.

하라가 5를 눌렀다.

"이 맨션에 모델도 살고 있어. 그치, 하라."

교카의 밝은 목소리가 울리고,

"아, 있죠. 이름은 잘 모르지만."

스마트폰을 보면서 하라가 말했다.

현관을 들어가니 복도가 이어지고 문 너머에 주방과 8평 정도의 거실이 있었다. 구석에 박스가 산더미처럼 쌓였다. 안에 방이 하나 더 있는 것 같았지만, 문은 닫혀 있었다.

"저게 전에 말한 책장."

교카가 말했다.

가구 장인이 만들었다는 '애착 책장'은 야요이가 상상했던 것보다 작았지만, 수입 화집과 사진집을 표지가 보이도록 세워놓고, 그 사이로 앤티크풍 곰인형과 미니카 등을 진열해놓았다.

"멋지네."

"야요이 씨, 앉아. 차 줄까?"

테이블에는 노란 거베라 한 송이가 유리 꽃병에 꽂혀 있다. 하라가 냉장고에서 종이팩의 녹차를 꺼내 야요이와 교카 잔에 따랐다. 자기 앞에는 반쯤 마시다 남은 콜라 페트병을 놓았다.

"여기가 사무실. 옛날에는 빌딩 한 층을 다 빌렸지만, 쓸데없는 것을 생략하면 공간은 작아도 괜찮다는 걸 알게 돼서."

교카는 웃었다.

"교카 씨한테 빌린 책, 너무 좋았어. 필요 최소한의 최소한도 큰 게 아닌가 하는 얘기."

"아, 알아. 근데 미안, 마침 결산 때여서 온통 상자투성이라."

"부모님 집도 지금 주방 리모델링을 해서 완전 이런 느낌이야."

차를 한 모금 마시고 야요이는 웃었다.

"리모델링하는구나. 돈이 꽤 들지?"

"글쎄, 엄마가 갑자기 의욕에 차서. 이걸 계기로 필요 없는 것 버리겠다고 선언하시네. 뭐, 요양보호 가는 집에도 물건이 좀 적으면 더 넓게 살 수 있을 텐데, 싶은 집이 꽤 많지만."

얘기하면서 야요이는 대각선 맞은편에 앉은 하라의 "네네, 네네" 하는 맞장구가 왠지 거슬렸다.

"아, 오늘, 요양보호 갔던 할머니, 울리고 말았어."

야요이는 화제를 바꾸었다.

"왜?"

"아, 아니, 내가 그만둔다고 해서. 그래서."

"그만두다니, 요양보호사 일?"

교카가 몸을 내미는 바람에 테이블의 거베라가 희미하게 흔들렸다.

"아, 응. 외로워지겠다며 울어서 뭔가 나도 울컥했어."

"아니, 잠깐만, 야요이 씨. 그만두지 않아도 되는데?"

교카는 놀랐다.

"그렇지만 여기서 풀로 일하게 되면 요양보호사 일이랑 병행하는 건 무리일 것 같아서."

야요이는 당황스럽게 대답했다. 실제로 요양보호사센터에는 전직하는 것으로 얘기가 결론이 났고, 후임 스태프도 정해졌다.

"아냐, 그지, 하라? 우리는 계속해도 전혀 상관없어. 야요이 씨한테 요양보호사는 더할 나위 없이 소중한 일이고. 오히려 더 계속해주길 바라."

교카는 손을 가슴 앞에 모으고 열심히 말했다.

"게다가 말이야, 우리가 다루는 상품은 그런 노인을 모셔야 도움이 될 수 있어."

교카는 말하고 하라를 향해 "어이" 하고 턱을 올렸다. 일어선 하라는 작은 상자를 들고 와서 테이블에 올렸다.

"이를테면 이건 말이야, 우리 회사 인기 상품."

교카는 작은 주머니에 든 알약을 테이블에 늘어놓았다. 야요이의 머리에는 교카의 설명이 하나도 들어오지 않았다. 요양보호사로 방문하는 노인들에게 추천하고 싶은 상품이라며 잇따라 테이블에 늘어놓았다. 찻잎 같은 것도 있었다. 교카가 '면역력'을 연신 강조했다. 교카의 입술이 움직이는 것을 보면서 야요이는 아까 차 안에 포테이토칩 파편이 떨어졌던 것을 떠올렸다. 그건 하라가 먹었을까. 그런 것 지금은 아무래도 상관없는데.

"야요이 씨, 내 설명, 빨라?"

"아, 으으응. 저기 잠깐 화장실 좀 빌려도 될까?"

야요이는 무릎에 놓아두었던 백을 들고 일어섰다.

커튼 틈으로 베란다 빨래가 보였다. 남자용 양말이 실외기 바람에 흔들렸다. 사무실이라고 했지만, 이곳은 교카와 하라가 사는 집이 아닐까.

야요이는 거실 문을 뒤로 닫고, 화장실 앞을 그냥 지나서 그대로 현관으로 가서 구두를 신었다.

조용히 방을 나왔다. 나오자마자 달렸다. 엘리베이터

는 사용하지 않았다. 당황하고 있는데 오른쪽, 왼쪽, 오른쪽, 왼쪽 정확하게 발이 나와서 5층에서 단숨에 지상까지 뛰어 내려왔다. 교카도 하라도 쫓아오는 기미는 없었지만, 야요이는 달리기를 멈추지 않았다.

맨션 로비를 나왔다. 어느 쪽으로 가야 좋을지 모르겠다. 골목길을 돌고, 또 돌고, 막다른 길이 나오면 되돌아서서 오로지 달렸다.

밤 속에, 가슴속에 후미의 얼굴이 떠올랐다. 후미네 집의 '명절용품' '아버지·공구'라고 반듯하게 글씨를 써놓은 낡은 상자도 떠올랐다가 사라졌다.

"아얏."

주택의 담장에서 뻗어 나온 나뭇가지가 야요이의 이마를 스쳤다.

드디어 큰길로 나왔다. 헉헉하는 숨을 지나가는 차들의 바람이 지워갔다.

뭐가 부장이야. 뭐가 예쁜 것을 예쁘다고 생각하는 사람이야.

야요이는 카디건을 잊고 온 걸 깨달았지만, 당연히 가지러 돌아가지 않았다.

기요코의 손에는 네일 컬러 색견본이 있었다.

즉흥적으로 정하려고 했지만, 딱히 떠오르지 않았다. 리클라이닝 소파를 최대한으로 젖히고 단골 네일숍에서 기요코는 발톱 손질을 받고 있었다.

브라질 여행의 피로가 완전히 가지지 않은 것 같다. 앞으로 그렇게 멀리는 가지 못할 것이다.

그날도 이런 날씨였다.

갓 초등학생이 된 기요코는 언니 요시에와 둘이서 공원의 모래밭에 있었다.

땅을 계속 파면 브라질에 갈 수 있어, 라고 말한 사람은 요시에였다. 파도 파도 반대편 나라는 보이지 않았다. 모래에 푹푹 삽을 찌를 때의 자신의 숨소리를 기요코는 희미하게 기억하고 있다.

천둥이 쳐서 자매는 삽을 내던지고 집까지 달려갔다. 어른이 되면 같이 브라질에 가자고, 그때 요시에는 말했다. 두들겨 부술 듯한 빗방울로부터 어린 동생을 열심히 지키면서.

"시간이 많이 걸렸네."

기요코는 하늘을 바라보았다. 가게 안에는 쇼팽의 경쾌한 왈츠가 흘렀다.

"뭐가요?"

젊은 네일리스트는 움직이던 손을 멈추고 물었다.

"브라질."

"그렇군요."

기요코는 그런 아득한 먼 땅보다 지금은 세상을 떠난 남편과 둘이 갔던 아타미나 하코네가 그리웠다.

남편은 여행 짐이 많은 사람이었다. 읽지도 않는 소설과 쓰지도 않는 시 노트. 만보계, 오페라글라스, 예비 카메라. 출발 전에 이건 필요 없어, 이것도 두고 가 등등 엄마처럼 남편 여행 준비를 봐주던 기억을 떠올리는 기요코 입가에 미소가 떠올랐다.

댈러스 공항에서 옛날 남자를 우연히 만난 것은 성미 급한 그가 하늘에서 보낸 선물인가. 중년이 됐을 무렵부터 남들 눈을 피해 만나던 남자였다. 얼마 없는 시간조차 택시를 타고 만나러 갔다. 좋아했다. 그런 시간에 있는 자기 자신을.

유종의 미. 끝났다. 여행도, 사랑도, 남편과의 날들도.

히나코와 야요이도 다 컸다. 야요이는 이제 곧 마흔이

다. 그 아이들의 인생에 관해서는 생각해본 적 없다. 크면 조카여도 남 같다.

바라는 게 있다면 언니는 자기보다 더 오래 살았으면 좋겠다는 것이다. 이제 누구를 위해서도 우는 것은 싫었다.

"그다음은 될 대로 되라지."

색견본을 가슴에 올리고 기요코는 노래하듯이 말했다.

"마쓰시타 씨, 즐거워 보이시네요."

네일리스트가 웃었다.

"가는 길에 조카한테 줄 선물 살 건데 스카프와 지갑, 당신이라면 어느 쪽이 좋겠어?"

기요코가 물었다. 야요이에게도 뭔가 돈을 써야 한다. 옛날부터 이해득실에 집착하던 아이여서.

"생일이에요?"

"아니. 여행 선물을 사오지 않아서. 면세점에 좋은 게 없더라고."

"저라면 지갑이 기쁘겠어요. 스카프는 어떻게 사용해야 좋을지 몰라서."

"그럼 지갑으로 해야겠네."

"조카분 좋겠네요."

네일리스트는 부러워하며,

"마쓰시타 씨 언니도 예쁘세요?"

하고 물었다.

창에 빗발이 달리기 시작했다. 기요코는 아주 조금 미소 지으며,

"일류 화가라면 나보다 언니를 모델로 골랐을 거야."

그렇게 말하고 눈을 감았다.

눈두덩 위로 브라질 바다가 펼쳐졌다. 에메랄드그린 같은 기분이다.

7

매미가 울고 있다.

오전 중에 이미 30도를 넘어서 주택가에는 사람 그림
자 하나 없었다. 불필요한 외출은 자제하라는 동네 안내
방송이 막 나온 참이다.

야요이와 히나코는 버스 정류장에서 땀을 닦으며 집
으로 가고 있다. 리모델링한 주방이 완성되어 건축가 선
생님을 초대해서 식사를 한다고 한다. 단정한 옷을 입고
오라고 엄마가 시켜서 티셔츠가 아니라 블라우스를 입
었지만, 발은 맨발에 샌들이다.

"이쪽, 빈집이 많아졌네."

잡초가 마구 자란 주택 앞에서 히나코가 말했다.

"봐, 여기도 빈집이잖아."

히나코가 가리킨 집에는 아직 문패가 걸려 있지만, 커튼도 없고 사람이 사는 기척도 없었다. 야요이는 "정말이네" 하고 대답하고 손등으로 또 땀을 닦았다. 그리고 오늘 몇 번째인지 모를 한숨을 내쉬었다.

히나코는 야요이를 곁눈으로 보았다. 조금 야윈 것은 더위 탓일까. 그러고 보니 새로 생긴 친구도 요즘 만나지 않는 것 같다.

자매의 양산이 아스팔트에 그림자를 드리웠다. 전봇대에 붙어 있는 매미는 양각처럼 움직이지 않았다.

기요코 이모, 재산이 얼마나 될까.

말로 하는 것은 왠지 금기처럼 되었지만, 오히려 이 자리에서는 밝은 화제일 것 같다고 히나코는 생각했다. 결국 입 밖에 내지는 않았다.

"우리 왔어요."

동시에 말하고 자매는 현관문을 열었다.

새 주방은 상상 이상으로 근사했다. 아일랜드식 조리대에는 낮은 칸막이가 있고 거실 쪽에 원목 카운터가 붙어 있었다.

"와아, 우리 집 아닌 것 같아!"

히나코가 들뜬 목소리로 말했다.

원래 조리대와 싱크대가 있던 창 쪽은 선반이 되어 있고, 창은 선반 일부처럼 짜 넣었다. 선반 한 모퉁이가 가즈오 코너로 소주와 청주와 조각 유리잔이 쌍으로 있다.

"이쪽은 네모토 선생님."

요시에에게 소개받은 건축가는 대모테의 동그란 안경을 낀 몸집이 작은 남자였다. 웃으니 눈이 실처럼 가늘어졌다. 생각했던 것보다 수상하지 않네, 하는 것이 나중에 나눈 자매의 감상이다.

사교적인 편이 아닌 가즈오가 네모토와 나란히 카운터에 앉아 있었다. 의자는 히다(옛 지명. 지금의 기후현 북부―옮긴이)의 가구 장인이 만든 것이라고 자랑하는 아버지에게 히나코는 자기가 검색해준 회전하는 검은색 의자가 아니라는 사실은 언급하지 않고, "오, 좋네요"라고 했다. 새 시스템 키친의 오븐으로 구웠다는 엄마의 피자에 잔멸치 토핑이 있어서 좋아하며 제일 먼저 먹은 것은 야요이였다.

"엄마, 리모델링 과감하게 했네. 그런 면은 의외로 기요코 이모랑 닮았나."

돌아오는 전철에서 히나코는 말했다. 술이 과했는지 야요이는 옆에서 꾸벅꾸벅 졸았다. 핸드백을 안은 손은 금방이라도 툭 풀어질 것 같다.

본가는 이제 엄마와 아버지의 집이다. 그건 주방 리모델링과 관계없는 일이다. 지금 히나코에게는 엄마가 만든 보리차가 아니라, 야요이의 약간 떫은 맛 나는 보리차 쪽이 여름의 맛이다.

이기적인 자매 생활을 좀 더 계속하고 싶다.

히나코는 흔들리는 전철에 몸을 맡기고 야요이의 어깨에 머리를 기댔다.

그러고 보니 브라질의 토롯코 열차 안에서 음악대에게 팁을 준 것은 기요코 이모뿐이었다. 그리고 웨스턴 스타일 도기 부츠, 엄마는 어디에 장식했더라?

잠에 빠지기 직전에 히나코는 문득 생각했다.

✤

다음 날 아침 일찍 야요이는 후미의 집으로 향했다.

그만두겠다고 한 요양보호사 일이었지만, 전직할 회

사가 도산했다고 야요이가 상담하러 갔더니 만성적인 인력 부족으로 허덕대는 요양보호사 센터 소장님은 무척 기뻐했다.

덥다.

오늘도 아침부터 푹푹 찌고 있다.

나오코에게 배운 '완벽한 자외선 차단 대책'을 하고 자전거로 내리쬐는 태양 아래를 달려갔다.

그날 밤 이후, 교카에게 네 개의 메시지가 왔다. 첫 번째는 만나서 얘기하고 싶다, 그다음 세 개는 지금까지 대신 내준 밥값을 돌려주면 좋겠다는 내용이었다. 계속 무시했더니 더는 연락이 오지 않았다.

후미의 집에 도착하자마자 야요이는 바로 세탁기를 돌렸다. 설거지를 해놓고 더위를 먹은 듯한 후미에게 소면을 삶아서 양하채를 듬뿍 곁들여 주었다.

"후미 씨, 다 됐어요."

소면에 띄운 얼음에 해가 반사됐다. 적어도 먹기 시작할 때 정도는, 하고 후미 앞에 마주 앉았다.

2층은 조용했다. 심야 근무를 한 고스케는 아직 자고 있을까.

고스케를 전혀 의식하지 않았다고 하면 거짓말이다.

야요이는 고개를 저었다. 만에 하나 고스케와 깊은 사이로 발전하고, 만에 하나 재혼 같은 걸 하게 된다면 이 집의 무료 요양보호사가 되는 것은 뻔하다.

"말도 안 돼."

야요이의 혼잣말에 소면을 먹던 후미가 "정말이야" 하고 절묘한 맞장구를 쳤다.

밤에는 이자카야에서 나오코를 만났다.

"오랜만이야! 야요이, 바쁜 것 같더라?"

두 사람은 가게의 오늘 추천 술인 레몬추하이(레몬소주를 탄산수로 희석한 것—옮긴이)로 건배했다. 교카와의 얘기는 아무래도 하기가 그래서,

"부모님 댁 리모델링 일 돕느라."

기본 안주로 나온 모로큐(걸러내지 않은 미소를 찍어먹는 오이—옮긴이)를 집어 먹으면서 야요이는 말했다.

옆자리에는 몇 팀의 가족이 모여서 "수고했습니다!" 하고 건배를 하는 참이었다. 볕에 그을린 아이들은 주스가 든 플라스틱 잔을 들고 끈질기게 "건배"를 되풀이하고 있다.

야요이는 문득 울고 싶어졌다. 이 아이들도 언젠가는 늙는다. 늙어서 누군가의 손을 빌려 식사를 하고 배설을

한다.

"나, 이 일에 맞지 않는가 봐."

야요이는 한숨 섞인 목소리로 말했다.

"그렇지 않아."

격려하듯이 나오코는 웃었다.

"그런 거 맞아. 잘하질 못해."

"정해진 시간 안에 모든 걸 완벽하게 할 수는 없어."

"그렇긴 하지만."

"있지,"

나오코는 조용히 잔을 놓았다.

"내가 할머니가 되어서 말이야, 요양보호사가 온다면 야요이 같은 사람이 좋겠다고 늘 생각했어."

야요이는 "말도 안 돼" 하고 웃어넘겼다.

"아니, 정말로. 빈말이 아니라. 강습 때부터 그렇게 생각했어."

"나, 나오코 씨에 비하면 진짜 못해."

"그래도 나는 야요이 같은 요양보호사가 좋아."

야요이는 반응을 하지 않았지만, 나오코는 평소와 달리 물러서지 않았다.

"강습 때 말이야, 침대에 누워 있는 사람을 일으켜서

서게 하는 연습 했잖아."

"아, 응."

"그때, 여러 사람과 조를 짜서 했잖아?"

"무서워서 나 선생님한테 계속 야단맞았지."

"나 말이야, 야요이가 일으켜줄 때가 제일 아프지 않았어."

나오코와 헤어진 뒤, 야요이는 전에 간 바에 들렀다.

손님은 없었다. 여자 바텐더의 "어서 오세요"에는 두 번째네요, 하는 친근감이 느껴졌다. 카운터에 마스터의 모습은 보이지 않았다. 야요이는 두 사람은 부녀가 아닐까 생각했다.

탈리스커 소다와리(탄산수에 희석한 것—옮긴이)를 홀짝홀짝 맛본다. 이제 바에서 주문하는 방법도 터득했다. 새로운 갑옷 하나를 장만한 듯 든든하다.

요즘 동생은 한창 물이 올랐다. 대학 구매부 일이 의외로 적성에 맞는 것 같았다. 히나코의 주요 업무는 교수진 출장과 학생들 합숙여행 예약 등이라고 한다. 젊은 사람들이 주위에 있어서인지 히나코에게도 활기가 넘쳤다.

어쩌면 연애 중일지도 모른다. 오늘 밤에도 늦을 거라

고 하고.

만약 히나코가 결혼한다면 얼마 안 되지만 월세 수입도 바랄 수 없게 된다.

부모의 돈도 믿을 수 없다. 본가는 리모델링해서 쾌적해졌다고 하지만, 이빨 빠진 동네에 있는 집이다. 그걸 재산이라고 부르기에는 불안하다. 남은 것은 기요코 이모지만, 야요이는 뭔가 지쳤다. 남을 믿고 살아가는 방식에. 아니, 자신을 믿지 못하고 살아가는 방식에.

"어서 오세요."

바텐더 목소리에 야요이는 구부리고 있던 등을 폈다. 카운터 끝에 앉은 남자는 "라프로익 스트레이트로" 하고 말했다. 귀에 익은 목소리였다. 시선이 마주쳤다. 남자는 야요이를 보고 깜짝 놀랐다. 헤어진 남편이었다.

"오랜만이야."

야요이가 말했다.

"아, 응."

유타의 입이 반쯤 벌어진 채로다.

"이쪽에 앉을래?"

야요이가 말했다. 그 목소리에 분노는 없었다.

"당신이 이런 곳에서 마시는 줄 몰랐어."

옆자리로 이동하면서 유타가 주뼛주뼛 말했다. 왼손 약지에는 반지가 있었다. 자신들의 결혼반지보다 멋진 디자인이라고 야요이는 생각했다.

옛날에 이 가게에서 마신 적 있지, 하고 유타가 말했다. 이혼으로 싸울 때였던가? 오늘 밤에 우연히 근처를 지나가다 들렀다고 한다.

"옛날이야기는 하지 말자."

그렇게 말했지만, 야요이는 달리 할 얘기가 떠오르지 않았다. 아이가 있는지는 묻지 않았다. 있는 것 같았다. 술을 마시기 시작하자 유타는 위스키 얘기를 했다. 위스키에 빠져서 전문서까지 샀다고 한다.

그런 면이 있었구나.

말하려다 야요이는 관두었다.

바텐더도 합류하여 한동안 셋이 이야기를 나누었다. 수박 칵테일에는 어떤 알코올이 어울리는지 등등. 의외로 소주도 잘 어울린답니다, 하고 바텐더가 말했다. 한잔 마신 뒤, 야요이는 자기 술값을 내고 가게를 나왔다.

별이 떠 있다.

야요이는 자전거를 밀면서 헤어질 무렵에 유타에게 던진 말을 떠올리고 웃음을 터트렸다.

"여기 지금은 내 단골 술집이니까 이제 마시러 오지 마."

마시러 온 것, 두 번째면서. 바텐더에게 물어봤을지도 모른다.

"앗, 깜짝이야."

젊은 남자 소리가 났다. 학원에서 돌아오는 중학생들인가. 앞을 가는 그들이 피해서 지나가는 곳에 사람 그림자가 있었다. 전봇대에 기대듯이 여자가 앉아 있다. 심하게 취한 것 같았다.

여자의 구두가 낯익다. 힐에 가시 같은 것이 빼곡하게 박힌 부츠였다. 여름옷에 부츠를 신다니 멋쟁이로 살기도 힘들겠어. 야요이는 자전거를 옆에 세우고 여자에게로 다가갔다.

"괜찮아요? 과음한 거예요?"

구부리고 앉아 등을 쓸어주었다. 어느 정도의 힘으로 쓸어주어야 하는지 이제 알 것 같다.

"미안합니다, 미안합니다."

싸구려 마스카라 탓에 여자의 눈 주위는 새까맸다. 야요이는 토트백에서 수건을 꺼내 얼굴을 닦아주었다.

"미안합니다, 미안합니다."

머리를 움직일 때마다 세모난 플라스틱 귀걸이가 달

랑거렸다.

　"됐어요, 이제 와서."

하고 야요이는 말했다.

신선한 마스다 미리 표 소설

마스다 미리의 코믹과 에세이는 지금까지 보지 못한 참신함으로 국내에 출간되자마자 큰 인기를 끌었다. '나도 이 정도는 쓸 수 있는데' 하는 생각이 들 만큼 평범한 문장이 순식간에 많은 독자들의 마음에 스며든 것이다. 짧은 시간에 마스다 미리는 '작가'가 아니라 '언니' 같은 이미지, 친근한 존재가 됐다. 그 이유를 두 글자로 표현하자면 '공감'이라고 하겠다. 우리가 차마 글이나 말로 표현할 수 없는, 누구의 마음에나 있는 '구린 부분'을 그는 아무렇지 않게 얘기했다. 그래서 독자는 아, 나만 그런 게 아니구나, 혹은 아, 당신도 그랬군요, 하고 공감하며 위안을 느낀다. 그게 마스다 미리의 글이 가진 매력이다.

마스다 미리의 패키지 투어 여행기인 《마음이 급해졌어, 아름다운 것을 모두 보고 싶어》를 번역한 뒤 용기가 생겨서 난생 처음으로 동유럽 패키지 투어를 다녀왔다. 돌아와서 첫 작업이 이 작품인 것은 운명이다. 심지어 소설은 패키지 투어 이야기로 시작된다. 여행지가 다르고 나라가 달라도 패키지 투어의 방식이나 인솔자들의 대사, 패키지 팀원들에게 갖는 느낌 등 모든 것이 비슷해서 'RGRG' 하는 마음으로 신나게 작업했다.

"버스 서는 곳이 없어서 적당한 장소에 세우겠습니다. 오래 서 있을 수 없으니 얼른 내리셔서 인솔자 뒤를 따라와주세요. 차가 지나가니 길 건널 때 조심하시고요" 하는 인솔자의 말을 번역하며 웃음이 났다. 그로부터 불과 며칠 전, 패키지 투어 때 내가 몇 번이고 들은 말이라서. 소설 곳곳에는 이처럼 《마음이 급해졌어, 아름다운 것을 모두 보고 싶어》의 브라질 편에서 언급한 마스다 미리 자신의 체험이 녹아 있었다. (여행 중에 감기 기운이 있었던 에피소드도 그렇고.) 여행기 외에 다른 에세이나 코믹에서 언급한 얘기들도 이따금 등장하기 때문에 마스다 미리의 책을 즐겨 읽은 독자라면 숨은 그림 찾기 하는 재미도 있을 것이다. 요리는 좋아하지 않지만, 주방 뒷정리, 즉 싱크대나 가스레인지의 물때, 기름때까지 싹싹 닦는 걸 좋아하는 언니 야요이의 에피소드는 작가 본인의 얘기가 분명하다. 실제로 여동생이 있는 작가는 주인공 자매의 사소한 충돌이나 갈등에도 본인의 경험담을 심어놓지 않았을까.《딱 한 번만이라도》에서 그려낸 두 사람의 모습은 말 그대로 실감 나는 현실 자매의 그것이다.

이 소설은 싱글인 동생 히나코와 돌싱인 언니 야요이 자매의 이야기다. 그리고 평범한 전업주부인 엄마와 엄청난 재산을 가진 이모 자매의 이야기가 배경으로 깔린다. 히나코는 파견 회사 소속이어서 일자리가 부정기적이다. 야요이는 '경단녀'(경력 단절 여성)여서 원하는 일을 얻지 못하고, 결벽증이 있으면서도 노인들의 집에 찾아가서 일하는 요양보호사를 하고 있다. 마스다 미리의 작품에는 사회에서 선망하는 고소득 직종 사람들이 거의 등장하지 않는다. 가족 중에도 있고 이웃에도 있는 그저 그런 사람들이 평범하게 살아가는 이야기를 주로 다룬다. 그래서 편하다. 이해하려고 애쓰지 않아도 절로 이해되는 얘기들이어서. 이해하기 전에 그냥 자신의 얘기여서.

히나코와 야요이 자매는 지금보다 나은 삶을 살고 싶지만, 능력도 없고 노력할 의지도 없다. 그저 요행이 생기거나 누군가가 도와주기를 바란다. 이를테면 여행지에서 만난 부잣집 노부부라든가 돈 많고 자식 없는 이모, 혹은 우연히 알게 된 잘나가는 친구가 신데렐라의 한쪽 구두가 되어주길 은근히 기대한다.

여느 픽션 속 주인공들은 귀인을 만나 행복하게 잘살기도 하지만, 마스다 미리의 소설에서는 어림없는 소리다. 너무나 현실적이어서 신선하고, 재미있다. 번역하는 사람으로서 그리고 독자로서, 이 작가가 또 어떤 소재의 '소설'을 써줄지 슬며시 기대된다.

권남희

딱 한 번만이라도

1판 1쇄 발행 2022년 1월 17일
1판 2쇄 발행 2022년 2월 14일

저　　　자 마스다 미리
옮 긴 이 권남희
발 행 인 유재옥

본 부 장 조병권
담 당 편 집 이준환
편 집 1 팀 이준환 김혜연 박소연
편 집 2 팀 정영길 조찬희 박치우
편 집 3 팀 오준영 곽혜민 이해빈
디 자 인 김보라 박민솔
표지디자인 곰곰사무소
라 이 츠 한주원 이승희
디 지 털 박상섭 이성호 최서윤
발 행 처 (주)소미미디어
발 행 등 록 제2015-000008호
주　　　소 서울시 마포구 토정로 222, 403호(신수동, 한국출판콘텐츠센터)
판　　　매 (주)소미미디어
제 작 처 코리아피앤피
영　　　업 박종욱
마 케 팅 한민지 최정연 김보미
물　　　류 허석용 백철기
전　　　화 편집부 (070)4260-1393, (070)4405-6528 기획실 (02)567-3388
　　　　　　판매 및 마케팅 (070)4165-6888, Fax (02)322-7665

ISBN 979-11-384-0434-1 03830